看人下菜碟儿

名菜典故十二讲

阿布老师&林老师／著
黄铂聆／绘　张琦／摄

上海译文出版社

历史如此美味

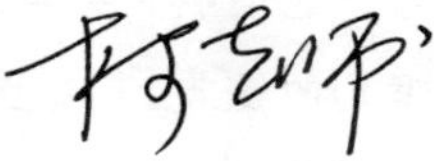

历史是什么？是一堆堆的故纸，还是深埋于地下的陶罐？国学是什么？是一段段深奥的文字，还是玄之又玄的道理？

其实历史也好，国学也罢，对中国人来说，它应该是鲜活的，是融入生活的，是刻在骨子里的。在流水般的日子里传递传统，在平平淡淡里品味学问。历史和国学对中国人来说，理应更像一种面对生活的态度。我们在生活中感受历史和国学的宽度与深邃，在历史和国学中悟到生活的美好与意义。

《看人下菜碟儿》谈了十二道菜以及与之相关的十二个名人的故事。灵感的来源是我打算在“生活课堂”中教“东坡肉”这道年菜。如果单讲这道菜，我总是“意犹未尽”，我想使学员们了解这道菜背后的故事，了解苏东坡这个人。于是，我就请阿布老师来给学员讲“东坡肉”背后的故事。以此为开端，一口气让学员们“品味”了本书中的十二道菜及其背后的故事。

这十二堂美食实践课，使我深深地感到，历史和国学是可以“美味”的，而不应是“不食人间烟火”的书斋之学。它们能真实地融入到我们的日常生活里，甚至体现在我们的餐桌上。中国人素来爱吃，讲究吃文化，借由这本书，我希望我们能“吃”出文化，在“吃”的过程中完成对历史和国学的传承，而不是“吃”没文化、“吃”坏优秀的传统。

现代人的生活，总是工作匆忙，生活匆忙。因为匆忙，随便打发吃饭这件事是司空见惯的。而我一向以为，匆忙吃饭的人，不会是热爱生活的人。也许很多人会在朋友圈里晒各种美食，可是又有多少人能自己下厨房烹饪出一道美食？要知道，生活不过是一种态度罢了。并非你不会烹饪，而是你没想过去好好烹饪，享受一道自家厨房的美食。反过来，如果你认真准备、好好享用一道菜，你会爱上你的生活，你会享受这段辛苦又美味的时光，因你为生活花过时间，花过心血，你为它准备过，为它付出过。

在我们苦于想不出这本书书名的某个晚上，在半梦半醒之间，朦胧中我仿佛在教丫头炒鸡丝蒿子秆，姜丝切得细细的，蒜片切得薄薄的，鸡丝腌得滑滑的，蒿子秆择得清清爽爽的。起锅到旺火上放油，烧热后煸透姜丝，加入蒜片，用嗅觉去感受到它们已经尽责了……这是我很喜欢做的一道菜，梦中的丫头很专注地认识了很多食材：葱、姜、蒜、鸡肉、蒿子秆。每一种食材的味道都不一样，都很有自己的个性，在某个最佳时机混合到一起却构成了独特的味道，就如一个性格多样的你，会在某一刻完成一种升华。

梦醒的那个早上，我把这个神奇的梦告诉给丫头。丫头又想念起那个独特的味道。理所当然地，我们又重温了这道我喜欢做的菜。这道菜又一次透过我们的舌头、口腔，在唇齿间留下许多美好的记忆，又一次让丫头感受到“生活的美好”。我将这道菜的出处告诉了丫头，它出自《红楼梦》的第六十一回。丫头急着去翻书，查证。丫头在翻看《红楼梦》第六十一回时，也翻看了第六十回，她对书中“看人下菜碟儿”这句话很感兴趣，觉得很有意思。她说：“你们的书就可以用这个名字呀！”真是妙绝，这么多天来我们绞尽脑汁的一个问题让丫头轻易给解决了。接下来我又交给了丫头一个任务，让她来完成书中的插画，这是她的强项，她欣然接受任务。

其实生活就应该是这样，它不是一台按部就班的机器，而是如同一个美丽的梦，在梦中随时会有灵感与惊喜。但它又不是杂乱无章的，只要有一个憧憬美好的态度和为之切实努力的前提就好了。一如本书中的那些伟大的人物，他们的生命轨迹大相径庭，结局各不相同，但他们对生活、对生命的态度是认真的、是令人尊重的。

目录

01 比干与空心菜 1

02 专诸与松鼠鳜鱼 19

03 西施与西施舌 39

04 屈原与粽子 57

05 项羽与炒杂烩 73

06 李白与太白鸭 91

07 杨玉环与贵妃鸡 107

08 寇准与水晶饼 125

09 苏轼与东坡肉 141

10 沈万三与万三蹄 157

11 郑板桥与菜豆腐鸡 177

12 胡雪岩与明目鱼米 195

比干与空心菜

01

商纣与妲己是一对非常有意思的夫妻，他们是一对很好同时又很糟糕的夫妻，是一对天生秀丽又多才多艺的夫妻。他们始终很恩爱，但千百年来又是政治家和百姓眼中的反面教材。

商朝的末代之君纣王似乎也不是人们印象中的那么不堪，他天资聪明，有着极强的反应能力，力大无比，能赤手空拳与猛兽格斗。他是个语言大师，能和劝说他的大臣们进行滔滔不绝的辩论，臣下们谁也说不过他。他还非常爱自己的妻子妲己，妲己说什么，他就听什么，是个极其有能力的男人，是个模范老公的典型。

但这样一个能文能武又听妻子话的模范丈夫并不是一个好君主。他搜刮民脂民膏来享乐：他的鹿台钱库里堆满了钱，巨桥粮仓里装满了粮食，宫中养着各种珍禽；他用酒灌成池沼，把肉悬挂成林，让男男女女整天光着身子在酒池肉林里淫乐，彻夜不息。

“朱门酒肉臭，路有冻死骨。”路有饿殍，野有白骨，百姓怨恨，民心思变。一些有实力的地方诸侯看到纣王失去人心，遂产生了取而代之的心思，君位轮流坐，明年到我家，有德者居之，无德者滚蛋。

朝政日下，纲纪败坏，而纣王依然淫乱不止，商朝的一些有识之士非常痛心。其中的代表就是孔子所说的三位仁人：微子、箕子与比干。

微子是纣王的哥哥，他看到西伯侯姬昌的势力渐渐坐大，姬昌灭商之举亦是箭在弦上，多次进谏纣王改弦更张。纣王却天真地说：“我生不有命在天乎？是何能为！”（我降生在世，不是有天命吗？西伯昌能把我怎么样呢？）微子很矛盾，他不知是应该以死殉国还是逃亡。这时有人劝他说：即使死了对国家也没有意义，还不如逃亡。微子就逃亡了。后来西伯侯姬昌的儿子武王姬发灭商后，把微子也分封为诸侯，建立了宋国，这是后话。

空心菜

又名藤藤菜、蕹菜、通心菜、无心菜、空筒菜、竹叶菜、节节菜，开白色喇叭状花。因其茎中心是空的，故称为“空心菜”。采收季节是 8 月。适合清炒、做汤。

箕子可能是纣王父辈的人，这个人很有眼光。当纣王刚即位还没有完全展现其荒唐的一面时，箕子就通过纣王使用象牙筷子这件很小的事判断出纣王不可救药了。箕子的逻辑是：如果使用了象牙筷子，即会想着使用玉制的杯子，接着必思远方珍怪之物而使用，再接着就会想使用好车好马和大兴土木建造宫室。箕子这个观察准确道出了人类的一个消费规律：人一旦使用了某个好物品后，他很可能会走向持续超越消费的不归路。大约三千五百年后的法国哲学家狄德罗专门写文章来谈这种“愈得愈不足现象”，后来被概括为“狄德罗效应”。箕子也是不断地劝执迷不悟的纣王，而当他灰心失望时，他并没有如微子那样离开，他甚至对微子的离开颇有微词：为人臣谏不被君王听从而离开，这是在彰显君王的过错而取悦于民，我是不会这样做的。他就披头散发、装疯卖傻与奴隶混在一起。周武王灭商后，把箕子封到了朝鲜当诸侯。现在朝鲜半岛的人大多是箕子的后裔，朝鲜族是中华民族的一个重要组成部分。

王子比干也是纣的亲戚，但是辈分史书中没有说清。他看到微子去，箕子佯狂，就说：君王有过错，我们不拼死进谏，那天下万民怎么办？于是去进谏。纣王生气地说：我听说圣人的心是有七窍的，真是这样的吗？他残忍地杀了比干，拿出比干的心验看。

以上部分是《史记》的记载。到了小说家许仲琳的《封神演义》那里，比干的故事就更加生动了。

在小说《封神演义》中，鹿台完工后，纣王想起妲己曾说过鹿台建好会有神仙、仙子、仙姬俱来行乐，遂向妲己问起此事。妲己与众妖精商定，让他们在九月十五日月圆之夜变成神仙的模样来鹿台赴宴。妲己怕纣王看出破绽，对纣王说："群仙至此，陛下不可出见。如泄天机，恐后诸仙不肯再降。"让纣王到时只能隔绣帘观看群仙，纣王只好安排了千杯不醉的丞相王子比干陪酒。

狐狸精所变之神仙因不胜酒力，多喝了几杯后露出了狐狸尾巴。比干虽然发现了，也无可奈何。这时妲己也看到了她的这些子孙因酒醉而现了原形，即刻传旨让比干不必再陪饮，群仙各归洞府。

比干出来后，恰巧遇到了巡城的武成王黄飞虎，他把方才陪妖精饮酒之事说了一遍。黄飞虎命人守在四门观察妖精是从哪个城门出来，准备随后跟踪找到其巢穴。

群妖因酒在腹内，驾不得妖风，起不得朦雾，出了南方午门就从空中跌落下来，拖拖拽拽回到了离城三十五里轩辕坟旁的石洞内。

黄飞虎得到消息后，命周纪带三百多人携柴草，塞住石洞，放火焚烧，差不多把这些狐狸精全部烧死了。

来观看的比干对黄飞虎说：“这许多狐狸，还有未焦者，拣选好的，将皮剥下，造一袍袄献与当今，以惑妲己之心。使妖魅不安于君前，必至内乱，使天子醒悟，或知贬谪妲己。”

二人把妲己想得太简单了。

妲己于绣帘内看到比干向纣王献上此狐狸袍时，不觉泪如雨下，一时间觉得刀剜肺腑、火燎肝肠，下决心说：“我不把你这老贼剜出心来，也不算中宫之后。”妲己对纣王说：“陛下乃龙体，怎披此狐狸皮毛？不甚稳便，甚为亵尊。”纣王便不再穿此衣，比干想以此来迷惑妲己心神的小儿科计划落空了。

妲己并未善罢甘休，她找来在火烧轩辕洞中侥幸逃脱的雉鸡精，让雉鸡精变化成个美女，化名胡喜媚进宫与自己一起迷惑纣王。纣王自得胡喜媚之后，更是不理朝政，每天与妲己、胡喜媚荒淫内宫，夜夜酣歌。

一天，二妖正在鹿台上用早膳，忽见妲己大叫一声，跌倒在地，口喷血水，闭目不言，面皮俱紫。纣王吓得面如土色，手足无措。胡喜媚故意叹气说："昔在冀州时，彼此俱是闺女，姐姐常有心痛之疾，一发即死。冀州有一医士，姓张名元。他用药最妙，有玲珑心一片煎汤吃下，此疾即愈。"纣王马上下令让人去冀州请张元。胡喜媚拦阻道："朝歌到冀州有多少路！一去一来，至少月余。耽误日期，焉能救得？除非朝歌之地，若人有玲珑心，取他一片，登时可救。如无，须臾即死。"纣王问：玲珑心谁能判断出来呢？胡喜媚胡说道："妾身曾拜师，善能推算。"这个妖精假装掐指一算：朝中只有一个官居显宦、位极人臣之人有玲珑心。只怕大王舍不得此人献心，妲己娘娘要与大王阴阳两隔了。纣王着急问道："是谁，快说！"胡喜媚说："惟亚相比干乃是玲珑七窍之心。"纣王糊涂又无情地说：比干是我的皇叔，一宗嫡派，难道不肯借一片玲

珑心与我爱妻治病么？遂十万火急地连派六批人去催比干上朝。

最后去催的奉御官陈青是比干的朋友，比干问他：这几天朝中也没什么大事，为什么今天大王这么紧急地催我入朝？陈青就把实情和比干说了。

比干听后，吓得心胆俱裂，自知必死，只得让陈青先回，自己随后就到。

比干进入内宅与妻儿永诀，让夫人孟氏看顾好孩子并守好家训。夫人孟氏听得不明就里说：“何故出此不吉之言？”比干如此这般地把事情说与了夫人。夫人垂泪说：“官居相位，又无欺诳，上不犯法于天子，下不贪酷于军民。忠诚节孝，素表著于人耳目，有何罪恶，岂至犯取心惨刑。”

比干之子在旁边提醒说，以前姜子牙在朝歌给父亲算命时说其日后必有一灾，并留下一符，让父亲在危急两难、进退无路时取出一看。比干也想起了这件事，忙打开书房门，见砚台下压着一帖，取出符来，把子牙所留之符烧在水里。比干饮下此水后穿朝服来见纣王。

纣王见比干来而大喜，急不可待地向比干借心。比干说：“吾心有伤，岂有生路？老臣虽死不惜，只是社稷丘墟，贤能尽绝。今昏君听新纳妖妇之言，赐吾摘心之祸，只怕比干在，江山在；比干存，社稷存。”

纣王糊涂地说：“皇叔此言差矣！总只借心一片，无伤于事，何必多言？”纣王真的糊涂到认为切去一片心，人还能活吗？比干听到纣王此言之后愤怒提醒纣王说：你这个酒色昏迷、糊涂的狗猪昏君！心去一片，人还能活吗？纣王马上露出了他的残暴本性说：“君叫臣死，不死不忠。台上毁君，有亏臣节。如不从朕命，武士，拿下去，取了心来！”比干大骂：“妲己贱人，我死冥下，见先帝无愧矣。”大叫：“左右，取剑来与我！”比干拿剑在手，望太庙方向拜八拜说：“成汤先王，岂知殷受断送成汤二十八世天下，非臣不忠耳！”遂解带现躯，将剑往脐中刺入，将腹剖开，其血不流。比干将手入腹内，摘心而出，往下一掷，掩袍不语，面似淡金，径下台去了。比干低首速行，上马往北门去了。他走马如飞，约过五七里之遥，只听得路旁有一妇人手提筐篮，叫卖无心菜。比干忽听得，勒马问：“怎么是无心菜？”妇人说：“民妇卖的是无心菜。”比干说：“人若是无心，如何？”妇人说：“人若无心，即死。”比干大叫一声，撞下马来，一腔热血溅尘埃。妇人见比干落马，不知何故，慌得躲了。

《封神演义》并没有详细交待比干服用姜子牙的神符后应如何做，只说比干出朝后朝北去，若妇人回答“人无心还活”，比干亦可不死。但在各种传说和时下的影视剧中都认为卖菜的妇人是妲己所变，她卖菜是为引比干说话。因为比干在十里内或千里内（各种传说不一）只要不回头或是不说话，就会长出新心。最终比干因说话而血溅尘埃，也是商朝气数已尽，西周当兴，命该如此。

在《封神演义》中，作者说比干命丧的直接原因是火烧轩辕洞多管闲事并引用古语说：“不管闲事终无事，只怕你谋里招殃祸及身。”

比干是多管闲事吗？纣王宴妖绝对不是闲事，古人说：“国之将兴，必有祥瑞；国之将亡，必有妖孽。”这是事关国家兴亡的大事，而不是闲事。而且就算比干不在这件事上与妲己、纣王发生矛盾，以后也必在他事上与他们意见相左，最终也是难免一死，这也是将亡之国忠臣的必然命运。比干素有“天下第一仁”之称，因他是历史上第一个死谏之臣。虽然他死后心不在躯中，但他对国家的赤胆忠心永远印在中华民族的心上。

空心菜

- 主料：空心菜 1 把
- 配料：红尖辣椒、蒜末
- 调料：盐
- 做法：摘掉空心菜的叶子，留菜梗切段，撒盐，用手轻轻抓揉，腌制一会儿。

  炒锅放油，油热后爆蒜末、辣椒圈，加入腌好的空心菜，快速翻炒。待颜色变翠绿即可关火。出锅，装盘。

- 空心菜事先腌过，这样炒后不会立即变色，因为腌过也不必再加盐调味儿。

专诸与松鼠鳜鱼

02

第二、第三道菜和春秋晚期吴国的兴亡紧紧联系在一起：松鼠鳜鱼预示了吴国的强大，西施舌则见证了吴国的衰亡。

吴国的历史并不复杂。吴国的建立者是吴太伯，太伯是周的奠基者太王古公亶公的大儿子。太王有太伯、仲雍、季历三个儿子。太王年老了，他说要让孩子来继承他的事业，可他又不明确表示要传位给哪个儿子，似乎他还没想好。但太伯与仲雍发现自己的父亲很喜欢季历的儿子姬昌，因为古公不止一次地说："我世当有兴者，其在昌乎？"意思是有一个能使我们家族兴盛的人，大概就是姬昌吧。太王的眼光是很独到的，这个姬昌即为后来大名鼎鼎的周文王。

太伯与仲雍听到父亲这样说，心领神会了父亲的心意，太王是想立季历为接班人，然后依次传位给孙子姬昌。太伯与仲雍读懂了父亲的心思后，决定离开以使父亲顺利立季历为继承人。有一次太王生病，太伯与仲雍借口到衡山给父亲采药而离开了岐山。孔雀东南飞，二人从陕西来到了今天的江苏苏州，在这里建立了吴国。二人入乡随俗，随从了当地的风俗，在身上刺青、剪断头发成为了野蛮人，以示永不回国与季历争位。

无论是《左传》《国语》《史记》,还是《吴越春秋》等，在叙述了太伯的建国经过后，接下来就是简单地叙述了一下吴国世系而没有给我们提供其他的材料。吴国再次回到人们的视野已经是五百多年后的吴王寿梦时。

历史惊人的相似，当年的情节再一次上演。

寿梦有四个儿子，诸樊、余祭、余昧、季札。寿梦觉得小儿子季札德才兼备，想把王位传给季札。但这是个悖论，既然季札品德好，他就无法接受夺兄位的事。所以他坚决拒绝父亲的想法说：按照制度应传位嫡长子，怎么能废弃先王制度而只按父子的私情行事传位于小儿子？

寿梦二十五年（公元前561），寿梦的生命即将走到尽头。他在弥留之际，把几个儿子叫到身边，对大儿子诸樊说：我想把王位传给季札，你不要忘记我的心愿。诸樊说：当年太王了解孙子姬昌的圣贤，废长立少，西周兴盛。现在您想把国家授给季札，我愿意归隐山林当个农夫。寿梦对诸樊肯让位给季札感到满意，但他显然没抱有季札能统一天下、建立王业那么宏大的理想。他也给诸樊指出了一条兄终弟及、兄弟四人依次传位轮流到季札的办法。寿梦的想法是好的，却忽略了一个致命的问题：当年太王是明确传位季历及孙子昌，寿梦只是喜欢小儿子，却没有表示孙辈由谁来接班。

寿梦去世后，长子诸樊代行国务。《史记》写“摄行事当国”，“摄”是代理的意思，就是代理国家大事。给寿梦服丧完毕，脱去孝服后，诸樊就让位季札。季札拒绝说：当年曹国宣公去世后，他的庶子负刍杀了太子而自立，是为成公，国人不满成公。晋文公率诸侯伐曹国，执成公，欲改立宣公的另一庶子子臧。子臧拒绝了，最后还是曹成公为君。现在大哥您为吴国之君，名正言顺，谁敢冒犯您。

为国君，不是我的理想。札虽不才，愿附于子臧之义。

诸樊坚决要立季札为君。季札为了明志，抛开一切，找了一片土地当农民，自己耕田为生。诸樊看季札态度这么坚决，只好暂时作罢。

十三年后（公元前 548），吴王诸樊卒，遗命传位余祭，欲依次相传，最后一定要把王位传给季札来安慰父亲寿梦的在天之灵。而且诸樊、余祭、余眛也都是真心喜欢四弟季札，并且一致认为吴国会在季札手上发扬光大，也都想最后由季札为吴国之主。

天遂人愿，余祭当了十七年国君后去世，余眛当了四年国君后去世，现在季札应该当国君了吧！季札还是坚决不当，并且再一次出逃。

我们这里无法推测季札内心的真实想法，他为什么坚决不当国君，恐怕除了他自己，外人永远无法知道。如果我们对春秋这段历史稍有了解的话，就知道生在春秋晚期的聪明人季札有这样的想法也不是无法理解的，因为在春秋时期当国君是一件非常危险的职业，各国国君动不动就被大臣或兄弟等干掉。也许季札就是看透了这些而坚决不肯当国君的。

相比那些为当国君而弑父弑兄等夺位者，季札无疑是高尚的，后世也把季札视为不贪恋富贵而洁身自好的典型来敬仰。但季札也犯了一个严重错误：他自己不想当国君，偏偏他却是最有资格继承国君者，而且他又是现在宗族中资格最老的人。如果可以，他这时应该参与到下任国君的推选中，但他似乎并没有这样做。朝中大臣看到季札不干这个苦差事，就决定说：先王有遗命，兄死弟即位，依次传季札。今季札逃位，王余昧后立，余昧后为王，其子僚当立。就这样余昧的儿子僚在前 526 年成了吴王。

僚即位，有一个人非常不满，这个人就是公子光。公子光的确有不满的理由，他是诸樊的儿子，如果按照嫡长子和嫡长孙的继承原则，公子光应成为吴王。他经常说："吾父兄弟四人，当传至季子。季子即不受国，光父先立。即不传季子，光当立。"有了这个想法，他就积极行动，暗中招贤纳士，欲以攻击王僚自立。

公子光的这个想法最先被从楚国逃来的伍子胥给捕捉到了。伍子胥怎么会从楚国来到吴国呢？他来到吴国又想干什么呢？

伍子胥的父亲伍奢为楚平王太子建的太傅，是太子建的老师。太子建还有一个老师少傅费无忌，费无忌不受太子建的喜爱，他对太子建怀恨在心。后来楚平王看着建年纪渐渐大了，派费无忌去秦国给太子建迎娶妻子。这个秦女很美，费无忌就先跑回来对楚平王说：“秦女绝美，王可自取，而更为太子娶妇。”于是楚平王把儿媳妇变成了自己的女人，又为太子建改娶了妻子。

费无忌自此彻底与太子建决裂，他现在最怕一件事，就是楚平王死后太子建即位，这样自己就大祸临头了。当务之急必须除掉太子建。他开始在平王面前说太子建的坏话。平王听信了费无忌的谗言，渐渐疏远太子建，派太子建到城父去驻守。

费无忌的第一步计划实现了，他接着又对楚平王说：太子因秦女之故，不能无怨恨，愿王也做些防备。自从太子到了城父带兵后，与其他诸侯国来往紧密，他是想夺您的王位。

楚平王先把伍奢抓起来拷问。伍奢知道是费无忌在其

鳜鱼

又名鳜花鱼、桂花鱼、鳜鱼、鳌鱼、脊花鱼、胖鳜等，在刺少的鱼类中，鳜鱼是最鲜嫩的。适合清蒸、醋熘、茄汁。

中使坏，对平王说：您怎么可以听谗贼小臣的坏话而疏远亲骨肉呢？费无忌说：现在如果不先动手处置他们，他们的大事就要成功了，到那时大王您将成为阶下囚。平王大怒，把伍奢投进了监狱，而使奋扬去杀太子建。奋扬对此感到为难，他想到了一个办法，走到半路时，派人先去告诉太子建快点逃。太子建随后逃亡到了宋国。

费无忌对伍奢也是怀恨在心，他对平王说：伍奢有二子，都有才能，不杀了他们将会给楚国带来灾难。可以用伍奢当人质而招他们。平王派人对伍奢说：如果你能把两个儿子叫来，就给你一条活路，否则就是死路一条。伍奢一眼看穿了平王的诡计。他说：伍尚为人仁爱，呼之必来。伍员（子胥）为人倔强能成大事，他知来了必死，他是不会来的。平王不听，派人假意对伍尚、伍员二人说：来，我放了你们的父亲；不来，就杀了伍奢。

兄弟二人也看出了楚平王是想把父子三人全部消灭的险恶用心。但伍尚还是决定去，他对伍子胥说：我也知道去不能使父亲活下来，然怕逃了后又不能报父仇而被天下人耻笑，你逃吧！你能报杀父之仇，我将归死。伍尚遂走到了来捉拿他们的人那里，伍子胥则弯弓搭箭对着来捉他的人。这些人知道伍子胥的厉害，没人敢上前。伍子胥逃亡了，他听说太子建在宋国，也跟着去了宋国。伍奢听闻伍子胥逃后说，楚国以后有苦头吃了。楚平王把伍奢与伍尚杀了。

当时宋国正在内乱，伍子胥与太子建又去了郑国。郑国对太子建还是不错的，但太子建心术不正，与晋国勾结想里应外合灭掉郑国，事情败露，太子建被郑国杀死。伍子胥带着太子建的儿子胜逃到了吴国。

伍子胥见到了吴王僚就以伐楚之利来劝其攻击楚国。吴王僚也被伍子胥说得心动，但公子光出来劝阻道："伍员父兄皆死于楚而员言伐楚，欲自为报私仇也，非能为吴。"吴王乃止。伍子胥由此判断出公子光想杀王僚自立。伍子胥现在面临一个选择，他是选择王僚还是公子光，他经过比较得出结论，公子光的才能更大，公子光早晚会夺权成功。他决定趁公子光还没夺权成功时与他结好并帮助他夺权，那以后自己就是公子光的大功臣，到时劝公子光出兵伐楚报仇会有更大的把握。

伍子胥知道公子光正大光明夺权是不可能的，只能搞暗杀，如果想暗杀成功，一定非专诸不可。

专诸是伍子胥在逃亡来吴时，路过吴国堂邑遇到的一个人。当时专诸正与人打架，他怒火中烧的气势似乎一万个人也奈何他不得。专诸刚要冲上去与人一决雌雄时，他的妻子出现了，喊了专诸一声，专诸就乖乖和妻子回去了。伍子胥感觉奇怪，问道：为什么刚才你怒气正旺，而听妻子叫一声扭头就走呢？专诸对伍子胥说：你看看我的仪容，是愚蠢的软蛋吗？伍子胥这才仔细看专诸，高高的额头，幽深的眼睛，虎一样的前胸，熊一样的后背，一眼便知是个勇士。专诸随后说道：我虽屈身于一人之下，必能出头于万人之上。伍子胥遂与他结交，现在他把专诸推荐给了公子光。

专诸见到公子光后问道：凡是想要刺杀人君，一定要投其所好才能接近他，吴王喜欢什么？公子光想到了王僚极其喜欢吃鱼。专诸来到太湖边向渔人学习烹饪鱼，学习了三个月后，尝其鱼者，皆以为味美。后来专诸刺僚成功后，即位的公子光也喜欢这道菜。有一次，这道菜刚端上来，一个侍从突然大声叫道：大王，请看这鱼炙可像松鼠？鱼肉多么像蓬松的松鼠毛……经他这么一说，大家都觉得像。于是，“松鼠鳜鱼”的名字就叫开了。

专诸学烹饪回来后，还不能马上实施行动，公子光要等待时机。什么时机，公子光也说不清，总之，公子光感觉到现在时机还不到。

这期间，吴国与楚国的关系不断恶化，吴楚交恶的起因有点无厘头。吴楚边界有一棵桑树，两边的两个养蚕女都来采桑叶，之后两个女人为了争桑叶打了起来，后来两个家族介入，再后来边邑长官动用军事力量来解决，最后吴楚两国介入而差不多连年争战，这可称之为“一棵桑树引发的血案”或是“一棵桑树引发的战争”。

在专诸学成烹鱼后的第九年（公元前 516），楚平王去世。吴王僚想趁楚丧期间再一次发动对楚国的进攻，他派自己的两个弟弟盖馀、属庸攻打楚国，又派季札到中原各国去争取支持。

公子光觉得时机终于来了，专诸也说：“王僚可杀也，母老子弱，而两弟将兵伐楚，楚绝其后。方今吴外困于楚，而内无骨梗之臣，是无如我何。”公子光对专诸只说了一句话：“光之身，子之身也。”意思是我的身体就是你的身体，言外之意是你死后，你的家庭之事一概归我。

一切准备齐全后，公子光郑重向王僚提出申请，请王僚到自己家里吃鱼。王僚也考虑到公子光没安好心，便与母亲商量是否应该去。他的母亲也认为此行不安全，但不去又不给公子光面子。于是王僚内穿三重铁甲来到了公子光家，卫队都手拿两边有锋刃的刀从宫里一直站到公子光的家，庭院之间及王僚身边也都是王僚的精兵，可谓万无一失。王僚实在想不出公子光如何能下手，渐渐放松了警惕，安心地开始吃喝了。

这时公子光忽然说自己的脚疼，要去换药休息一下。王僚也没在意。公子光离开后，专诸来献鱼了。献食的流程可谓严格得不能再严格了，几乎没有行刺成功的可能，甚至行刺的可能都没有：厨师上菜时，王僚的卫兵要在庭下搜身，并要厨师在监督下把衣服全部换过，然后膝行而前，十余力士握剑，夹之以进，献后再膝行而出。这个流程可谓严格得没一丝破绽，因为行刺者是没地方藏凶器的。

真的是这样吗？专诸还是刺杀成功了，难道专诸献鱼时，没按这个流程进行？专诸献鱼时也是如此，那么刺杀的兵器藏在哪里？只有一个地方卫兵搜不到或是没法去搜，那就是鱼的肚子。刺杀的匕首藏在鱼肚子里，这匕首是当年铸剑大师欧冶子所铸五柄神器之一的鱼肠剑，削铁如泥，断金切玉。刺杀过程《史记》记得很简单也很惊心动魄，我实在无法随意翻译以免失去了文言的韵味与当时的紧张气氛，只能原文照录："既至王前，专诸擘鱼，因以匕首刺王僚，王僚立死。左右亦杀专诸，王人扰乱，公子光出其伏甲以攻王僚之徒，尽灭之，遂自立为王，是为阖闾。阖闾乃封专诸之子以为上卿。"

司马迁把专诸放在了《史记·刺客列传》里，传记中的几个刺客都有一个共同点，他们都不惜牺牲生命来为别人完成看似不可能完成的任务。他们这样做，后人有各种各样的评议。在今天很多人看来，他们这种牺牲行为是很傻很不值得的。司马迁评论他们说："立意较然，不欺其志。"就是说出发点明确，不违背自己的志向。如果再结合司马迁在《史记》其他地方多次谈的"女为悦己者容，士为知己者死”这句话来看，司马迁似乎想表达的是：一个人要懂得感恩，滴水之恩当以涌泉相报；人也不能默默无闻，他一定要干出一番惊天动地的大事业，哪怕是牺牲生命也要实现自己的人生价值。

松鼠鳜鱼

- 主料：鳜鱼 1 条（大一些）
- 配料：蒜末、葱花、姜末
- 调料：盐、糖、料酒、醋、番茄酱、生粉
- 做法：鳜鱼洗净去鳞，斜切下头，鱼鳍保留（做松鼠耳朵）。从断头处片下两侧鱼肉，尾部不能切断，中间的脊骨切下来，即两片鱼胸肉连着尾巴。再把鱼胸骨处的大刺，斜刀片下来。鱼肉上用刀切菱形纹路，斜着下刀，这样花型明显漂亮，注意不能切断鱼皮。

  切好花刀的鱼肉放入碗内，把料酒、盐、葱花、姜末尽量均匀地撒在鱼肉上，腌制 20 分钟左右。拍上生粉，每个缝隙都要拍到，鱼皮、鱼尾、鱼头也要拍上，然后抖掉多余的生粉。锅内热油，淋热油到鱼肉上使之定型。定型后全部放入锅内炸至金黄酥脆，最后炸鱼头和鱼尾。

  另起锅倒油炒蒜末，加番茄酱、水、醋、盐、糖，生粉勾芡，趁热淋上鱼身即可。

西施与西施舌

03

吴王阖闾登上王位后，封伍子胥为“行人”。这个“行人”不是让伍子胥走人，而是相当于今天的外交部长的职务，让他参与国家大事的决策。这时楚国又冤杀了大臣伯州犁，其孙伯嚭逃到了吴国成为大夫。吴大夫被离曾经问伍子胥为什么要把伯嚭推荐给吴王，伍子胥说，我和他有共同的敌人，有共同的怨恨，是为楚国与楚王，是同病相怜，同忧相救。被离提出了不同的看法，他认为伯嚭这个人是不可亲近的，理由是伯嚭目光如鹰，脚步如虎，是个专权占功、残害同僚之人。伍子胥并不认同被离的话，依然对伯嚭推心置腹。

伍子胥又发现了一个军事天才并把他推荐给了吴王，这个人到现在全世界都有名气，他就是武圣孙武。孙武的

《孙子兵法》就是在他见到阖闾后，献给阖闾才得以流传的。吴国此时是人才济济，君臣团结，励精图治，誓要灭楚。经过九年的努力，吴军于公元前 506 年一举攻占楚国首都郢。楚昭王——楚平王与秦女之子，出奔。

伍子胥隐忍了十五年的复仇大计终于实现了，但伍子胥却面临一个奇怪的问题：他大仇得报了，可是仇人却找不到了。楚昭王逃了，杀父兄的仇人楚平王去世十年了。虽然时间替伍子胥报了仇，但伍子胥并不解恨，他掘开楚平王的墓，把楚平王的尸体拉出来，鞭打三百下，左脚踩着平王的肚子，右手挖出他的眼睛。伍子胥还不解气，又把昭王的妻子献给了吴王阖闾，自己、孙武、伯嚭也霸占了楚国相应职务大臣的妻子，以此来羞辱楚国君臣。

吴国君臣在楚国首都驻扎下来，过着倒行逆施的占领者生活。这时吴国老家空虚，与之相邻的越国（首都今浙江会稽）见有机可乘，便来攻打吴国，吴王阖闾只得分兵去救老家。这时楚国的君臣同仇敌忾，积极准备反攻，楚国的申包胥也从秦国搬来救兵。吴国两线作战，连战连败。吴王阖闾只得在第二年撤兵回国。虽然吴国暂时失利，但因有伍子胥、孙武这两大军事家的辅佐，吴国很快就恢复了元气，吴王阖闾也跻身于春秋五霸之一。吴国是西破强楚，北威齐晋，南服越人。

越人已经表示臣服吴王阖闾，吴王阖闾却有点不地道，总去欺负人家。事实证明有时看似弱小的却未必是好欺负的，欺人者要付出惨重的代价。

阖闾即位的第十九年（公元前496），吴伐越，越王勾践迎击于槜李。这是一场奇怪的战争，本来越军是不堪一击的，越王勾践经过冥思苦想，想出了个不仅空前，也是绝后的打法：他连派出三批敢死队来到阵前，这三批敢死队不是拿着刀到阵前与吴军拼命，而是拿着刀到阵前和自己拼命，表演自杀给吴军看。吴军东挡西杀，南征北战，但从来没看过这样的行为艺术。他们看着越军这三批人依次到了阵前，大呼一声就挥刀自刎，有点看不明白也有点吃惊。在吴军愣神的电光石火之间，越军以迅雷不及掩耳之速发起了攻击。吴军大败，兵退七里，阖闾的脚趾受伤，就这个小伤夺了雄才大略的阖闾的命。

阖闾临死前对太子夫差说：你会忘记勾践杀了你的父

亲吗？夫差道："不敢！"夫差即位后以伯嚭为太宰，日夜操练人马。两年后(公元前494)出动吴军的精锐部队伐越，大败越军。越王勾践只剩五千人马，退守于会稽山上，使大夫文种贿赂太宰伯嚭求和，请举国为吴王臣妾，并且威胁说：如果吴国不同意越国的求和，越王会把国家的宝贝全部毁掉，再以这五千人与吴国拼命，到时既让吴王得不到这些宝贝也会让吴国遭受重大损失。虽然伍子胥一再劝谏，但吴王夫差最后竟然忘记了杀父之仇和父亲临死的遗命而答应了越王的求和，吴王夫差赦免了越国。

越王勾践返国，为了表示不忘记耻辱，把一个苦胆吊在座位旁边而时常去尝尝其苦味，这就是成语"卧薪尝胆"的来历。越王勾践亲自参加农业劳作以争取民心；饭桌上没有两道肉菜，也不穿带花纹的衣服，以示节俭；求贤若渴，礼遇有能之士，时刻为报仇而准备。

史书在这个地方的记载是有分歧的。《国语》《吴越春秋》等书说勾践在求和后曾带着夫人和范蠡到吴国为奴。尤其是《吴越春秋》记载的情节非常夸张，有小说的性质，不知确实否，姑且录之如下：

西施舌

别名车蛤、土匙、沙蛤。这种非蚬非蚌的贝壳类呈厚实的三角扇形，小小巧巧的，外壳张开，就有一小截白肉吐出来。因吐出的肉像是一条小舌头，故名“西施舌”。适合做汤、辣炒、蒸蛋等。

勾践到了吴国后，伍子胥又一再劝夫差杀了他。夫差提出了一个莫名其妙的理由，他说："诛降杀服，祸及三世，吾非爱越而不杀也，畏皇天之咎。"拿了越国钱财的太宰伯嚭对夫差说，伍子胥不知国家安定的道理，请大王您不要听从他。夫差遂不诛越王，让他给自己驾车养马。为了不让伍子胥秘密杀害越王，夫差让勾践住在自己的宫室之中，这一住就是三年。在这三年之中，夫差也多次派人暗中观察勾践，勾践脸上始终没一点不满和怨恨。夫差恻隐之心顿生，产生了放勾践回国的想法。最后促使夫差放勾践回国的是一件让人感觉极其恶心和反胃的事：

夫差不知得了什么病，一病就是几个月。勾践也非常关心夫差的病情，因为夫差在病前答应要放他回国，夫差这一病就把这个事给拖下来了。勾践心如火烹油煎，这种事是夜长梦多：伍子胥在那里虎视眈眈，保不齐夫差在伍子胥的影响下改变想法；或者夫差因病一命呜呼，继位者就可能不放自己回国。勾践是真心希望夫差早日痊愈，范蠡在仔细分析了夫差的病情后给勾践出了一个让勾践恶心了一辈子的计策。

勾践通过伯嚭向夫差请求探视，获得了夫差的恩准，召而见之。很巧，正赶上吴王夫差大便完，太宰伯嚭正端着便器准备出来（从这件事上可以推知，夫差为什么喜欢伯嚭而不喜欢伍子胥了），刚走到门口，正逢勾践进来。令人震惊的一幕出现了，只见勾践把手伸到了便器之中，用手蘸取了一些粪便后放在口中舔尝。整个过程勾践表现的万分虔诚而无一丝厌恶，仿佛那不是粪便而是难得的美味。随后勾践祝贺夫差说：根据您粪便的味道可知，您很快会痊愈。果然夫差如期痊愈，遂赦勾践归国。伍子胥还是一如既往地反对，依然是反对无效。

勾践是虎入深山，龙归大海。回国后他积极谋划复仇。他日夜难忘亡国之痛和那些在吴国所受的屈辱，尤其是那股他尝过夫差粪便之后便始终萦绕在嘴边的、挥之不去漱之不尽的恶臭。也许只能通过尝苦胆才能暂时忘却那股恶臭吧。

勾践一方面时刻为伐吴做准备，一方面不断向夫差表示忠心而麻痹夫差。除了每年向夫差进贡外，勾践根据夫差好色的特点而实施了美人计。他派会看相的人在国内搜寻，于诸暨苎萝山下找到两名美女——西施、郑旦。其中最美的当属西施，在中国古代四大美女中排名第一。相传她在河边浣纱之时，鱼儿看见她都自惭形秽，沉到水底来偷看她的美貌，这就是“沉鱼”“落雁”“闭月”“羞花”之“沉鱼”的典故。

勾践得到西施、郑旦后，并没有马上把她们献给吴王夫差，而是用三年时间来对她们进行专业培训。培训的内容就是让她们学会如何取悦吴王夫差，并让吴王夫差在接下来的日子沉溺于她们的温柔乡而荒废国政。

三年后，夫差看到这两个美女，喜形于色说：“越贡二女，乃勾践尽忠于吴之证也。”伍子胥见状，马上出来劝夫差不要接受此二女，并说：“美女，国之咎。夏亡以妹喜，殷亡以妲己，周亡以褒姒。”面对着西施、郑旦这样的美女，恐怕天下的男人没有几个会如伍子胥这样清醒，而夫差显然不属于清醒之列的男人。

夫差对伍子胥的厌恶已经到了极点，他恨不得这个人马上从自己的眼前消失，这样自己的耳朵就会彻底清静了。他现在需要一个借口，这个借口马上被夫差找到了。

为了修复与齐国的紧张关系，吴王夫差派伍子胥出使齐国，也许夫差想让伍子胥离开自己的视线而使自己的耳根清静一段时日。伍子胥这次出使出人意料地带上了儿子。他不是带儿子去增长见闻的，而是把儿子留在了齐国的大臣鲍氏家里。他为什么这样做呢？因伍子胥料知吴国必为越国所灭，他也料知到了自己的结局，怕儿子随自己横遭意外。

夫差听到太宰伯嚭汇报的这个消息后，勃然大怒，赐伍子胥属镂之剑自裁。伍子胥在自杀前对家人说，我死后，把我的眼珠挖出来悬挂在吴国的东门，我要看着越人如何攻入吴国。夫差并没有让伍子胥如愿，而是把他的尸体装入皮口袋抛到了现在的苏州河里。

伍子胥的预言果然应验了。三年后，吴王夫差带兵北上讨伐齐国，胜利后又带兵北上到黄池（今河南封丘）与诸侯会盟。

因精兵在外，吴国内只有太子带着一些老弱残兵。勾践趁机攻打吴国，杀了吴国太子。吴王夫差匆匆赶回，越国与吴国讲和。此后，吴国的国力江河日下，越国的国力则日新月异。九年后，当越国再一次大举进攻吴国时，吴国既无招架之功，亦无还手之力。

历史以惊人的相似再一次出现在世人面前，只不过双方的角色发生了转变。这次是勾践率兵把吴王夫差围在了姑苏山（今苏州西南之灵岩山）之上。吴王夫差派人去求和说，你也能如当年我饶过你一样饶过我吗？勾践有些心软，虽然自己嘴中还时常能感受到夫差粪便的味道，但夫差毕竟对自己还是不错的，更没有杀自己。他想答应，但范蠡坚决不同意并下令军队前进。勾践实在不忍心杀死夫差，派人对夫差说，我把甬东（今浙江舟山岛）封给你，你在那里养老吧。吴王夫差这时是百感交集，他说："孤老矣，不能事君王也！"遂自杀。在自杀时，用衣服遮住了自己的脸说："吾无面以见子胥也！"勾践把夫差安葬后又杀了太宰伯嚭，伯嚭也是罪有应得。

那么西施、郑旦的结局又如何呢？郑旦之前已病死了。夫差一直非常宠爱西施，在姑苏山上专门为西施建造了春宵宫、馆娃阁、灵馆等。据说西施擅长跳"响屧舞"，夫差专门为她筑"响屧廊"。用数以百计的大缸，上铺木板，西施脚穿木屐，裙系小铃，在上面翩翩起舞，铃声与缸的回声交相应和，悦耳动听，夫差对此终日不倦。

夫差死了，西施还在，不知道勾践是不是有把西施接回来的想法。但勾践的夫人怕他有这样的想法，便叫人绑一巨石于西施背上,将她沉于江底。据说西施死后化为“沙蛤”，期待有人找到她，她便会吐出丁香小舌，尽诉冤情。后人为了表示对她的同情，就把“沙蛤”称为“西施舌”。

唐人罗隐写诗为西施鸣不平说：

家国兴亡自有时，时人何苦咎西施。
西施若解亡吴国，越国亡来又是谁？

西施冤吗？西施是以间谍的身份来到吴国的，但从记载来看，她没有干过什么坏事。吴王夫差为她所做的那些，全是他自愿的，就比如现在一个男人很喜欢一个女人，会给她买房买车一样。从这一点来说，西施是冤的。真正要为吴国灭亡负责的应是吴王夫差和伯嚭。

故唐人崔道融写诗说：

宰嚭亡吴国，西施陷恶名。
浣纱春水急，似有不平声。

西施不冤吗？西施是吴国臣民，也是吴国朝廷中的一员，更是一个对吴王夫差有影响力的人，因此，她是有义务协助吴王夫差治理好国家的。显然，她没尽到自己的义务，从这个角度看，她是不冤的。

关于西施的结局还有另外一种说法：范蠡看透勾践是只可同苦、不可共甘之人。灭吴后，他决定功成身退，带着西施悄悄离开了勾践，同泛五湖归隐了。这个结局是人们喜闻乐见的，它表达了人们对西施的同情和美好祝愿！

西施舌

- 主料：蛤蜊 500 克
- 配料：黑木耳、青红辣椒、西芹、蒜片、姜片
- 调料：绍酒 10 克、盐、白糖、麻油、猪油
- 做法：炒锅内放入猪油，旺火爆蒜片和姜片。加入洗净的蛤蜊，喷入绍酒，倒入黑木耳及青红椒段、西芹，翻炒几下，盖上盖子。待蛤蜊慢慢张开口后，加入白糖、盐入味，关火焖一会儿，淋麻油，出锅。

屈原与粽子

04

对屈原，国人或多或少是知道的，因为与他相关的端午节是我们中国最重要的几个传统节日之一，并且在这个节日里还有一个传统的美食——粽子。

我们大多数人所知道的屈原的事迹并不多，这是因为历史学家给我们提供的关于屈原的资料本来就少。现在所能见到的屈原的主要资料也就是他的一些文章和司马迁在《史记》相关篇章中的记述。

屈原也叫屈平，是战国中期楚国的贵族。屈原生活在一个丰富多彩、惊心动魄、纵横捭阖的时代。如果对战国中期的历史稍有些了解，就知道我的描述是所言不虚的。这是一个迷人又迷茫的时代，这是一个壮丽又伤感的时代，战国七雄的力量正发生着此消彼长的变化。

屈原出生（约公元前 340）的第二年，楚威王熊商即位，这是一个有理想、有作为的君主，他的梦想是重振他的祖先楚庄王在春秋时的霸业与雄风。在楚威王七年，楚国灭掉了春秋五霸之一勾践所建立的曾经辉煌的越国。楚人感到无比的荣耀，从楚庄王以来三百年的时间里，这是楚国在开疆拓土方面所取得的最大战果。

这时的楚国可以说是战国七雄中实力最强大的，当威王正雄心勃勃地想建立更大的功业时，天不遂人愿，在位仅十一年的他赍志而殁。

威王卒，子怀王熊槐立，这是一个奇葩的君主。每次读到《史记》中有关怀王的事迹时，我都要怀疑一下，这个人的智商是不是有问题。

屈原的一生主要就是相伴怀王。他担任怀王左徒，左徒的职责类似于谏官，给君主提意见或出主意等。不过又与后世的谏官有所不同，在楚国担任左徒的人都是楚之贵族，甚至有可能由左徒得到更大的升迁。所以司马迁说屈原：“入则与王图议国事，以出号令；出则接遇宾客，应对诸侯。王甚任之。”

这时的屈原是深得楚怀王信任的，正在完成怀王交给他的一个重要任务——“造为宪令”。这四个字如果直译出来就是制定法令，但如果联系不久前商鞅在秦国的变法，这个工作也许就不是简单地修改或是制定一项法令，很可能是一次变法活动。所以姜亮夫说：“怀王为人贪佞而非庸妄，其人颇有兴复楚国之志，则更张国宪以应政势，盖亦必有之图。”

如果这次变法成功，楚怀王和楚国的命运都会按另一个轨迹发展，但历史不容假设。正当屈原信心满满地从事着这个事关楚国命运的工作时，意外发生了，“上官大夫见而欲夺之，屈平不与”。上官大夫是与屈原爵位相同的一个人，他非常嫉妒屈原，看到了屈原的草稿想夺取据为己有。但也有人认为这么理解可能有点不准，因为怀王已经把起草宪令的工作交给屈原了，也许上官大夫只是向屈原提出要参与此事，屈原没有同意。

更深入地探究似乎还应是这样：如果屈原真的要对楚国的政治制度进行一次根本的变革，那么这次变革必然会触动一些人的利益，上官大夫也许是被触动利益的代表，他是要破坏屈原的变法。

见屈原不与，他立刻去怀王面前说屈原的坏话：“王使屈平为令，众莫不知，每一令出，平伐（夸耀）其（自己）功，以为‘非我莫能为’也。”怀王听信了上官大夫的谗言，“怒而疏屈平”。

屈原因怀王的听信谗言而痛苦万分，在极度忧愁的情况下，写下了中国诗歌史上最长也是最优秀的一首抒情诗——《离骚》（“离骚”是遭受痛苦或忧愁的意思）。司马迁给《离骚》以极高的评价：“其文约，其辞微，其志絜，其行廉。”又说屈原的思想气节，“虽与日月争光可也”。

屈原被黜离开怀王后，一个对怀王和楚国来说如恶魔般的人来到了怀王身边，这个人就是秦国的张仪。他来的目的很明确，破坏楚国与齐国的联盟。

秦国这时想要攻打齐国，担心与齐国结盟的楚国出兵帮助齐国，秦惠王为此很烦恼。秦惠王假意免去了张仪的相位，让张仪带着丰厚的礼物来到了楚国。张仪见到楚怀王直言不讳地说：秦国最不喜欢的国家就是齐国，但楚国偏偏和齐国结盟。如果楚国和齐国断交，秦国愿意把商於

糯米

是糯稻脱壳的米，在中国南方称为糯米，北方则多称为江米。糯米是做粽子、八宝饭等各式点心的主要原料，也是酿造醪糟（甜米酒）的主要原料。

六百里的土地献给楚国。这样可以有三个好处，削弱了齐国，有恩于秦国，又得到了商於之地。

怀王大悦，每天和张仪饮酒并到处宣扬说，我得到了商於之地。大臣们也都来庆贺。但陈轸提出了不同意见，他认为现在没有得到商於之地却先和齐国断交，容易鸡飞蛋打，人财两空。他给楚怀王提个建议，应该先把商於之地拿到手再和齐国断交。

陈轸的这个建议并不能说多么高明，这简直是个常识问题。但楚怀王就是不听，他派人先去和齐国断交，接着派人随张仪到秦国受地。张仪对使者说 :“仪与王约六里，不闻六百里。”怀王大怒，在公元前 312 年大举兴师伐秦，结果在丹阳被秦击败，死伤八万人，主帅屈匄被俘。怀王为了复仇，又调兵在蓝田与秦兵作战。魏国闻之，来偷袭楚国。怀王为了避免两线作战，只好把蓝田的军队撤回。

楚怀王现在是八面受敌，他想缓和与齐国的关系，重建盟好，打破外交的孤立局面。但之前怀王的昏聩让齐国太恼怒，而要修复与齐国的关系一定要派一个非常有外交才干的人去齐国，楚怀王想到了屈原。

史书上没有记载屈原此次去齐国的具体成果，可以推测的是他这次出使很成功。因为他还没有从齐国返回，张仪就到了楚国。张仪到了楚国后，用厚礼贿赂楚怀王的宠姬郑袖与宠臣靳尚，楚怀王再一次听信了张仪的鬼话，和秦国保持了一定的友好关系。

屈原从齐国回来了，劝谏怀王说："何不杀张仪？"怀王也很后悔，派人追杀张仪，却为时已晚，张仪此时已经离开了楚国。

时间过得很快，一转眼十二年过去了（公元前 299），这一天楚怀王收到了秦惠王儿子秦昭王的一封信。信上表达了对楚国与齐国结盟的不满，并且表示要把秦国的美女嫁给怀王，在信的结尾，秦昭王希望能与楚怀王在武关会晤。楚怀王对是否应去武关与秦昭王会晤很犹豫，"欲往，恐见欺；无往，恐秦怒"。屈原对怀王的糊涂是非常了解的，他听到消息后，马上来劝谏怀王说：秦国是虎狼一样的国家，一向不讲信用，还是不要去。楚国另一个大臣昭睢也劝怀王不要去。

楚怀王的小儿子子兰劝怀王说，不要断了秦国的欢心，还是去吧。怀王听了子兰的话去了武关，到达后便被秦国扣留并把他强行带到了咸阳。秦昭王在章台以接见臣子之礼接见楚怀王，怀王非常生气，也十分后悔没听屈原与昭雎的意见。在性命攸关之时，楚怀王干了一件非常有骨气的事，断然拒绝了秦国要挟楚国割让土地以换自己回国的条件，最后客死在秦国。如果没有这个事，估计楚怀王会永远被楚国人民怨恨，正因为这件事，楚怀王受到楚国人的尊敬。直到一百多年后，天下诸侯反秦时，项梁还以楚怀王为号召。

怀王被秦国扣留后，楚人立其长子熊横为王，是为顷襄王。顷襄王以其弟子兰为令尹（相当于相国），这对兄弟基本都遗传了怀王的糊涂基因。张正明评说顷襄王："他是一位典型的庸主，他的存在就是他的作为，一切政务由大臣裁决。"子兰是劝怀王入秦的罪魁祸首，楚国人非常怨恨子兰，加上楚国朝政在这对昏兄聩弟的领导下江河日下，屈原对此很是忧心并表达了自己的不满。

子兰听到了屈原的话后大怒，指使上官大夫到顷襄王那里说屈原的坏话，"顷襄王怒而迁之"。因《史记》中记述不清，后人对这句话有两种理解：第一种是顷襄王把屈原流放到了汨罗江一带；第二种理解为在怀王时，屈原就曾被流放，这次只是比前一次流放得更远。

屈原在流放的江畔边走边吟诵着诗歌，身体削瘦，神情憔悴。有一个渔父看到屈原这个样子，吃了一惊说：你不是三闾大夫屈原吗，怎么到了这种地步？

屈原说了句非常经典的话："举世皆浊而我独清，众人皆醉而我独醒。"所以被流放。

这个渔父也许是个世外高人，他劝屈原说：一个有才能的人，不应死守教条而应做到与世人一样。全世界的人都污浊不堪，你为什么不随波逐流呢？众人都沉醉不醒，你为什么不与他们同流合污呢？为什么身怀才能而被流放呢？

屈原回答道："新沐者必弹冠，新浴者必振衣。"意思是刚洗完头和洗完澡的人一定要换上干净的衣帽或是弹去衣帽上的尘土。谁愿意以自己的清白之躯去接受外界的污泥浊水呢？我宁愿投江葬于鱼腹之中，也不能让自己的美好品格受到浑浊之物的玷污。

于是他写了一篇《怀沙》之赋，写完这篇文章后怀抱石头自沉汨罗而死。

传说屈原是在农历五月五日这天投汨罗而死，楚人哀之，每年这天用竹筒贮米投水祭之。汉武帝时长沙有一个叫区回的人在某天忽见一人，自称屈原。屈原对区回说：你经常祭祀我，这很好，但是每年祭祀我的东西，都被蛟龙所夺，以后祭祀时，可以用楝树叶塞住竹筒，并在上面用五色丝绑住，这些是蛟龙所畏惧的。区回照办了，世人五月五日作粽，带五色丝及楝叶，皆汨罗之遗风。

这个传说是粽子来源最流行的说法，即是屈原自沉汨罗后，楚人为了怕他饥饿而投粽子入汨罗，以此来表示对他的怀念。

但我更相信另一个传说，这个传说认为屈原不是自沉汨罗而死，他是被子兰及上官大夫等人装入袋子里投入江中害死的。一些知道真相的楚人不敢明说，就用叶子等包住糯米再扎以五色丝来象征屈原被害之事：米象征屈原，叶子是象征装屈原的袋子，怕屈原生还，还在袋子上捆扎了绳子。至于端午节赛龙舟的来历，则是由当时知道真相的人划着船只赶去营救屈原演变而来。

我们今天品味粽子，除了要纪念这位伟大的爱国诗人外，我觉得更要仔细体味他在生命的尽头与渔父的这段对话：我们这些小民生活在这世上，为了生活，为了家人，也许要做很多身不由己之事，但我们应给自己留有一个底线，无论别人与世事如何，我们都要有自己的人格与准则，他人的人格卑下不是我们自甘堕落的借口。

肉粽

- 主料：糯米 2000 克
- 配料：五花肉（梅肉）1000 克
- 调料：花生油 150 克、生抽 200 克、老抽 20 克、糖 20 克、油葱 150 克
- 做法：先把油葱切碎，放入六七分熟的花生油里慢慢熬出香味，待油葱变黄时捞出，只留油放凉至手温时，把生抽、老抽、糖倒入，拌匀，再倒入切成大块的肉里拌匀，入冰箱腌制一夜。包肉粽之前，捞出肉块，把洗好的糯米直接倒入腌料里，拌匀就可以包制。

- 粽叶需要用开水煮 10 分钟。

项羽与炒杂烩

05

相传炒杂烩的来历是这样的：项羽吃饭必须每顿饭菜无两样，这让手下的厨子伤透了脑筋。为了让鞍马劳顿的大王有个健壮的身体，厨子们左思右想，其中一个小厨子想出个办法：他将一些鸡、鱼肉等放入一锅，再用一些其他的菜肴一并相烹，调以各种佐料。精心烹制后，厨子把这道菜端到大王面前。未曾想，项羽吃了第一口，胃口就被吊了起来，一大碗杂烩顷刻被一扫而光，项羽于是下令说今后为了节省时间，菜就这么烧。

我觉得炒杂烩就是一个糊涂菜，有一点像东北的乱炖，把一些乱七八糟的东西放一起炖或炒，给人的感觉就是一个稀里糊涂。

项羽的一生基本可以用“糊涂”二字来概括，这个糊涂不是郑板桥的“假糊涂”，而是“真糊涂”。这从他一出世就能看出来。他在少年时缺乏好学生的一个基本品质。这里所说的好学生不只指成绩好，如果一个学生成绩不好，但他能刻苦钻研打游戏的技术也算一个“好学生”。而项羽没有这样的恒心，他少年时先是跟随叔叔项梁学习写字等文化课，学了一段时间，他不爱学习了，给自己找个理由说:“书足以记名姓而已。”去学剑，又不成，项梁很生气，他又给自己找个理由说：“剑一人敌，不足学，学万人敌。”于是项梁教项羽兵法，他知道了个大概，又不肯学得彻底。我们常说三岁看老，这样一个没有基本的恒心和毅力的人是很难最终走向成功的。

秦二世元年（公元前209）七月，陈胜、吴广大泽乡起义两个月后，项梁带着项羽杀会稽太守起义，由于项梁谋略出众，项羽英勇善战，这支队伍不断壮大，发展成为当时秦帝国东南部一支实力最强大的反叛队伍。后来陈胜、吴广起义失败，项梁理所当然地享有了召集各路起义首领到薛地开会的资格。虽然这次盟会让项梁得到了各路起义将领的拥戴，但也埋下了后来项羽失败的伏笔：召来了一个不三不四的人，干了两件糊涂事。

这个不三不四的人叫“范增”，司马迁说他“年七十，素居家，好奇计”。范增到会后给项梁出了个不三不四的馊主意，他认为陈胜失败的原因是没有立被秦国灭掉的楚王后裔为王而自立为王，他让项梁反其道而行之。项梁觉得范增说的有道理，就把在民间放羊的怀王的孙子熊心找来立为楚怀王，项梁自号为武信君。范增这番言论完全是一派胡言，陈胜失败的原因很多，主要是用人与作战能力等方面存在明显失误而导致的，而与立不立楚怀王后裔无关。这个计策绝对是个馊主意，项梁现在虽然是大权独揽，但毕竟给自己找了个顶头上司。这个上司虽然无权，可是在这个位置上，难免没有想法，而且没有人心甘情愿受人摆布。

第二件事是刘邦这时被秦军打成了光杆司令，他也来参会。项梁给了他一部分人马。刘邦正是靠这部分人马东山再起，并最终打垮、逼死项羽。

这次会后，项梁接连打了几个胜仗，项羽还把秦相李斯的儿子李由也斩了，项梁渐生骄傲轻敌之心。宋义劝谏项梁要防备秦军反扑，但他并没有加以重视，后来秦军增兵，章邯在定陶击败项梁，项梁战死。

项梁一死，楚怀王熊心趁机夺了项羽的军权，只以项羽为副将。因宋义预见了项梁的失败，熊心认为他是个人才，把宋义提为上将军，成了项羽的顶头上司。熊心又派宋义带兵去救援赵地的张耳，宋义差不多成了楚军的最高统帅，号卿子冠军。

章邯在定陶击败项梁后，认为黄河以南的起义军都是虾兵蟹将不足忧，便去进攻黄河以北的赵国，现在秦军主力把赵军包围在了巨鹿。虽然各地陆续赶来了很多救援部队，但没人敢主动出击去进攻秦军，都在那里观望。

卿子冠军宋义也不例外，他带兵走到河南安阳后，不敢前进，在那里逗留了四十六天，天天大摆酒席，并且把儿子宋襄派到齐地当相国。

项羽劝宋义主动进攻，宋义对项羽说：冲锋陷阵，我不如你；运筹帷幄，你不如我。我现在的计策是让秦赵相斗，等两败俱伤后，我收渔人之利。还暗示项羽，如果再不听话就斩了他。

草鱼

草鱼的俗称有鲩、鲩鱼、油鲩、草鲩、白鲩等。适合红烧、熘鱼片、茄汁鱼段等。

项羽对宋义的战略不满，他认为现在秦强赵弱，谈不上两败俱伤，因为秦兵强大，很容易击败赵国，之后秦兵如乘胜进攻各路义军，那义军就非常危险。同时他也看出了楚怀王熊心和宋义对他的敌视，自己的处境是不妙的。他在一天早晨去见宋义时，在大帐中斩杀了宋义，借口是宋义谋反。古往今来，这个借口永远是让人找不到反对的理由的。项羽斩杀宋义后，自封为上将军。诸将没人敢反对，且说了句耐人寻味的话："首立楚者，将军家也。今将军诛乱。"熊心面对既成事实也只得承认项羽为上将军。

项羽率军北进，在巨鹿与秦军主力进行决战，《史记》上说："项羽已杀卿子冠军，威震楚国，名闻诸侯。乃遣当阳君、蒲将军将卒二万渡河，救巨鹿。战少利，陈馀复请兵。项羽乃悉引兵渡河，皆沉船，破釜甑，烧庐舍，持三日粮，以示士卒必死，无一还心。于是至则围王离，与秦军遇，九战，绝其甬道，大破之，杀苏角，虏王离。涉间不降楚，自烧杀。当是时，楚兵冠诸侯。诸侯军救巨鹿下者十余壁，莫敢纵兵。及楚击秦，诸将皆从壁上观。楚战士无不一以当十，楚兵呼声动天，诸侯军无不人人惴恐。

于是已破秦军，项羽召见诸侯将，诸侯将入辕门，无不膝行而前，莫敢仰视。项羽由是始为诸侯上将军，诸侯皆属焉。”郑板桥认为这是《史记》中最好的一段文字，笔者就原文照录下来，不加翻译。这段文字还给我们贡献了两个成语——破釜沉舟和作壁上观。

有时历史真的很有趣，如冥冥中自有因果。当年王离的爷爷王翦率军灭楚，楚军的将领是项羽的爷爷项燕，项燕战败含恨而死，现在项燕的孙子终于为他一雪前耻。第二个有意思的事是，当年秦在统一六国时，与赵国的主力在长平决战，赵军战败，四十六万人投降后被秦将白起全部坑杀。在巨鹿之战后，章邯率二十万人投降项羽，项羽在赵地又把这二十万人坑杀。

之后项羽率军一路向西，基本没遇到有效抵抗就到达了咸阳。这时刘邦已经率军从南路进入咸阳，秦王子婴向刘邦投降。在刘邦和项羽出发前，也就是在定策去巨鹿救赵时，熊心与宋义、刘邦、项羽有个约定，先入关中者为王。现在刘邦先入关中，按约定刘邦应为关中王，但是刘邦自知实力不如项羽，没敢停留在咸阳，而是驻军灞上等

待项羽到来。项羽驻军在四十里外的鸿门，也感觉刘邦对自己的威胁，怒想第二天进军攻击刘邦。项羽的叔父项伯这个大糊涂人到刘邦营中把消息透露给了自己的好朋友张良。张良还有一个重要身份，就是刘邦的第一谋士。刘邦知道消息后，马上把项伯请了进来，表示自己绝对不会背叛项羽，并让项伯向项羽转达第二天自己会到项羽大营谢罪的想法。

第二天刘邦带领张良与樊哙等来到项羽大营谢罪，这就是有名的鸿门宴。在宴会上，范增几次示意项羽杀刘邦，项羽没一点要动手的意思。范增找来项庄舞剑助兴，要在宴会上刺杀刘邦，结果因项伯的阻挠而没有实现。

后人在分析这件事时似乎认为范增给项羽谋了个好计策，因而怪项羽心慈手软而埋下了最后失败的祸根。

如果仔细分析，其实号称善“奇计”的范增给项羽出的是个极其蹩脚的馊主意。当时项羽相当于各路义军的盟主，而刘邦到项羽大营中喝酒被当众刺杀，那其他义军的领袖们谁还敢接受项羽的领导，结果只能是使他们人人自危而过早地联合起来反对项羽。

作为谋士的范增应该是对项羽的性格有深入的了解，应该能预判到项羽的决定。那么最好的办法应是能预见刘邦必然要逃席，而在他可能走的路上伏兵截杀，就算不逃席也应是半路截杀，之后把这个事推得一干二净后名正言顺地去收编刘邦的军队。范增这些都没有想到，坐视刘邦逃席回到军营，何谈“奇计”？

项羽无法再去进攻刘邦，把刘邦及追随自己的各路义军的将领及原来的诸侯王等重新分封为十八路诸侯王。刘邦被封在了汉中，成为汉王。项羽带兵回到了彭城(今徐州)而成为西楚霸王。

项羽回到彭城后不久，刘邦以韩信为大将“明修栈道，暗渡陈仓”出汉中，占领关中（陕西）与项羽争夺天下，楚汉战争正式拉开了序幕。

楚汉战争共持续了差不多四年（公元前206—前202)，这是一场奇怪的战争，项羽从与刘邦开始交战一直到最后，基本没有打过败仗，但最后他还是失败了。其原因，《中国历代战争史》总结了几点，今略录如下：

第一，天下大势已变。彼时当实行中央集权制下的郡

县制，而项羽还实行分封制，此为楚汉成败之最重要的历史原因。

第二，用才之失。韩信说刘邦不会带兵，而善带将。刘邦手下人才济济，项羽手下只有一个范增，但范增似乎只能帮倒忙。其实刘邦取天下的最重要的将领韩信，还有得力谋士陈平，开始时都在项羽帐下听用，并且还给项羽献过计，都因项羽的不重视人才而使他们投奔了刘邦并最终成为打败项羽的决定性力量。

第三，刘邦与项羽在荥阳、成皋一带相持，基本上屡战屡败，但他扼守住荥阳使项羽不能西进。同时他派韩信平定魏地后又出兵齐鲁再南绝楚粮道，又联合彭越，使彭越率部在楚军的后方开展游击战，打击楚国的补给，用敌进我退、敌退我追的战术，使项羽两面作战疲于应付，楚军的粮食装备得不到及时补给，也给了前线汉军不被项羽歼灭的机会。楚汉战争正是在刘邦的正面防御、韩信的千里包抄和彭越后方游击战的基础上，最后促成了垓下之战中有机会歼灭项羽麾下疲惫的部队，并取得最终胜利。

正是基于这些原因，项羽兵力越打越少，到最后的垓下之战时，项羽只有兵力十万，而刘邦一方则有兵力三十多万，对项羽形成了合围之势。

被重重围住的项羽在夜里听到汉营到处传来楚地的歌声，大惊道：刘邦难道完全占领楚地了吗？为什么汉营中有这么多楚人呢？烦心至极的项羽起身饮酒，他面对着心爱的虞姬与骓马，心中慷慨悲凉，无限伤感地唱了起来："力拔山兮气盖世，时不利兮骓不逝。骓不逝兮可奈何，虞兮虞兮奈若何！"不可一世的西楚霸王真的是英雄末路了，在这个时刻，他为我们展现了其侠骨柔肠的一面。他唱了几遍，虞姬也跟着和唱，项羽面对着心爱的女人，不禁流下了英雄热泪。

《史记》中并没有交待虞姬之后的情况，后世小说戏曲家演绎的虞姬自刎可能是真实的。因为项羽唱后立刻骑上骓马带八百壮士溃围南逃，显然虞姬无法参与这样的行动，自刎的可能性极大。刘邦到了天明才发现项羽逃走，派灌婴率五千骑兵追击。

项羽至阴陵时，迷路了，向一个老农问路。老农骗他向左方走，左方是一片沼泽，项羽身陷其中。他只得引兵而东，到了东城时，只有二十八人跟从。

面对着数千围上来的敌兵，项羽在最后关头又一次爆发了其战神的能量。他面对汉军大喊一声，汉军就纷纷溃退。他对着追击的汉军将领赤泉侯杨喜瞪起眼睛大喊一声，杨喜吓坏了，连人带马倒退了好几里。

项羽到达了长江边的乌江浦，乌江亭长划着一只小船对项羽说："江东虽小，地方千里，众数十万人。"也是可以在江东称王的。

项羽死到临头最后一次显示了其糊涂的性格，他回答乌江亭长说："天之亡我，我何渡为！"我们前面分析了他失败的原因，但项羽到最后关头也没明白他为什么失败，这样的糊涂人怎么可能不失败？

项羽毕竟是项羽，他的豪气干云天，胆魄冲斗牛，接着道：当初我带领八千子弟渡江而西，现在他们无一人生还，纵使江东父老可怜我而支持我，可我有什么面目再见他们，纵使他们不说，我独不愧于心乎！

他把骓马赠给了乌江亭长，与身边的二十多个人下马与汉军短兵接战。项羽一人就杀死几百汉兵，这时他看见了以前的部下汉将吕马童，自知必死的他对吕马童说：你不是我的老朋友吗？现在刘邦用千金和万户侯来悬赏我的头，我为你做个好事吧！于是自刎而死。汉将见此大喜过望，都来抢夺尸体，最后被五人分尸，可怜一代战神竟落个如此下场。

李清照有一首诗说："生当作人杰，死亦为鬼雄。至今思项羽，不肯过江东。"这首诗的前两句没什么问题，项羽可以称为人杰，死得也是壮烈如山。但后两句是有问题的，项羽就算上了乌江亭长的小船过江也是大势已去，因为汉兵几千人很快就能找到船只渡江去追杀他。而更重要的是，他到最后也没明白为什么失利。我们常说失败是成功之母，是说要从失败中总结经验教训，但项羽至死"尚不觉寤，而不自责"，实在是糊涂，过了江也是无力回天。

读《史记·项羽本纪》，我对项羽失败原因的总结有两点：第一，项羽太刚愎自用而不会用人；第二，目光短浅而不能统筹全局。想着项羽的一生，面对着炒杂烩这道菜，我久久不能下箸。

炒杂烩

- 主料：草鱼块、羊肉馅儿、鸡肉
- 配料：茶树菇、粉丝、白菜、鸡蛋、洋葱、香菜、葱、姜
- 调料：盐、白糖、高汤、麻油、胡椒粉
- 做法：羊肉馅儿加入洋葱末、葱末、香菜、鸡蛋，搅和上筋儿，制成丸子待用；炒锅内倒入色拉油，下姜片煸香，加入新鲜的茶树菇，煸软后倒入高汤。煮开转入砂锅内，放入草鱼块、鸡肉、羊肉丸子，煮一会儿。撇除浮沫，加入粉丝、白菜煮熟，加盐、白糖调味儿，撒入胡椒粉，淋麻油出锅即可。

- 茶树菇如果用干的需要提前泡发。

李白与太白鸭

06

李白（701—762）可能是最为中国老百姓所熟知的诗人，哪怕再不喜欢文学的人，也许都知道“床前明月光，疑是地上霜。举头望明月，低头思故乡”这首诗，而那个励志的“铁杵磨成针”的故事和谚语更是流传甚广。对中国文化稍有点兴趣的人，在各种场合下遇到“李白”的几率更是大大增加。有趣的是，我有一次在家乡与一个近乎文盲的哥们吃饭，他在劝我喝酒时还引用过“李白斗酒诗百篇”这句话，由此可见李白之影响。

这个在活着时就被认为是天才的诗人，按理他的生平应该是很清晰的，可是事实恰恰相反。关于他的生平有许多“谜”,也许正是因为这些“谜”才更增加了诗人的魅力。

我在上中学时，所得到的关于李白的出生地的文学常识是在今俄罗斯的“库页岛”，唐时的“库页岛”还属于中国。后来读李白的各种传记，发现他的出生地有好几个地方，而报料他出生地的人又似乎都非常靠谱。李阳冰和魏颢认为李白出生在今四川的江油，李阳冰在《唐李翰林草堂集序》中说：“（白父）逃归于蜀，复指李树而生伯阳。”魏颢在《李翰林集序》中说：“身既生蜀，则江山英秀。”从两人的记载来看，李白的父亲李客到蜀后，李白才出生。这两人的记载可靠吗？李阳冰是李白族叔，李白又死在他的家中，受李白遗嘱整理李白的著作；魏颢是“白粉”，极其崇拜李白，是李白的超级粉丝，曾不远三千里到处寻找李白，只为了能一睹李白的真面目，最后见到了李白而成为好朋友。按理说这两人的说法应是可信的了。可是李白自己却另有说法，据他的《为宋中丞自荐表》来推测，他又可能出生在碎叶（今吉尔吉斯坦共和国的托克马克市附近），而李白儿子提供的信息似乎也支持这个说法。

以前我有一个疑问，李白为什么名为“白”，字“太白”？李阳冰在《唐李翰林草堂集序》中说：“复指李树而生伯阳，惊姜之夕，长庚入梦，故生而名白，以太白字之。世称太白之精，得之矣。”意思是李白出生的那天晚上，李母梦见了太白金星，所以给他取名为白，字太白。李白在《胡无人》一诗中说：“云龙风虎尽交回，太白入月敌可摧。”这里的太白是双关，既是指自己，也是太白金星侵蚀月亮的天象。

李白在二十四岁前一直生活在四川，青少年时期的李白在四川主要做两件事：一件是学习，一件是游历蜀中风光。也正是这两点造就了天才的诗人。也许“铁杵磨成针”的故事带有几分虚妄，但从中可以看到李白读书是非常刻苦的，他在《上安州裴长史书》中写道：“少长江汉，五岁诵六甲，十岁观百家。”我们从他以后诗中所引的典故来看，就知道他并不是在吹牛。这也再一次为父母教育孩子提供了充分的论据，天才也要经过刻苦的学习。造就天才诗人的条件除了刻苦的学习外，还要得益于秀美的蜀州风光。有名的诗如《访戴天山道士不遇》：“犬吠水声中，桃花带雨浓。树深时见鹿，溪午不闻钟。野竹分青霭，飞泉挂碧峰。无人知所去，愁倚两三松。”正是蜀地优美的风光，给了诗人创作的灵感。

李白不仅在蜀中游历时写下了许多优美的反映蜀中风光的诗，在二十四岁离开四川后还写下了许多怀念家乡的诗。有名的如《峨眉山月歌》："峨眉山月半轮秋，影入平羌江水流。夜发清溪向三峡，思君不见下渝州。"等他出了三峡后，写下名篇《渡荆门送别》："渡远荆门外，来从楚国游。山随平野尽，江入大荒流。月下飞天镜，云生结海楼。仍怜故乡水，万里送行舟。"

在出川后的两三年时间里，李白顺着长江东下，游历湖北江陵、洞庭，江西庐山，江苏南京、扬州、苏州，浙江杭州、会稽，后又返回吴楚。他在游历期间，生活极为奢侈。他自己说："不逾一年，散金三十万，有落魄公子，悉皆济之。此则是白之轻财好施也。"可见其在出蜀时带了很多钱，由此许多人得出他的父亲李客可能是富豪的结论。我们不禁要问，李白为什么这么喜欢游历，难道他只是单纯的游山玩水吗？

第一，李白身上的侠客思想。崔宗之《赠李十二白》："袖有匕首剑，双眸光照人。"魏颢《李翰林集序》："少任侠，手刃数人。"这样看来，他还杀过好几个人。他自己在《侠

老鸭

饲养一年半以上的鸭子。通常体大，腹部下垂，脚底厚、有硬块，脚和喙颜色淡，有黑色斑点。老鸭宜清炖，如笋干老鸭汤，汤汁澄清香醇，极鲜美。

客行》里表现出了对“十步杀一人，千里不留行”的侠客的崇拜。李白非常仰慕古代侠士的风采，佩服他们一诺千金、为他人解厄的侠义精神。大侠往往藏身于山林之间。

第二，由道教思想引发的“寻仙”“成仙”追求。李白在四川时就是道教信徒，结识了道教的领袖司马承祯。他一生游览名山大川的主要目的是希望能遇到仙人。游仙诗是其诗歌的重要组成部分，著名的如《梦游天姥吟留别》。他的为人及诗歌弥漫着仙道气，所以贺知章见到他后说他是天神下凡而称之为“谪仙人”。司马承祯说他有“仙风道骨，可与神游八极之表”，魏颢说他“眸子炯然，哆（张嘴）如饿虎”，总之他是个眼大有神、气度不凡、器宇轩昂之人。

第三，与他的人生设计相关。李白有着非凡的政治抱负，他的人生偶像是姜太公、鲁仲连、张良、诸葛亮这些人。这些成功人士有其共同特点，他们都不是一步步从基层做起而是靠着不凡的政治机遇成就不凡的功业。李白很不屑参加几乎是唐代读书人必走的入仕之途——科举考试，他的理想是扩大自己的声名引起大人物或者是皇帝的注意，之后被皇帝请来授予他宰相之职，做出一番惊天动地的事业后归隐江湖。他游历的目的就是结交大人物和扩大自己的名声。

这次游历并没有达到目的，两年多的时间他千金散尽，还生了一场大病。他非常沮丧，写了一首以至于我们都不大相信是李白风格的《淮南卧病书怀，寄蜀中赵征君蕤》这样的忧伤之作。

在写这首诗的第二年，李白于湖北的安陆与故宰相许圉师的孙女成婚，而且是倒插门。在唐代，一般的读书人是不会倒插门的，李白之所以这么做，可能有两点原因：一是李白家是从西域迁到四川的，受胡人思想影响颇深，对一些中原礼法不甚遵守；二是李白这时穷困潦倒，他既需要实力雄厚之家解决他的经济问题，也要有官宦背景的人家来帮助他完成政治理想。婚后他与妻子住在安陆的白兆山桃花岩，许氏给他生了一儿一女，儿名为伯禽，女名为平阳。李白婚后生活比较幸福，以安陆为中心四处游历。但这样的生活只维持了十年，许氏不幸早逝了。李白带着孩子离开了安陆，到了山东兖州。

到兖州不久的天宝元年（742），他的人生理想真的奇

迹般实现了，唐玄宗下诏书征他入京。唐玄宗是如何知晓并打算重用李白的呢？李白在家乡时认识一个好朋友道士元丹丘，就是李白《将进酒》中提到的“丹丘生”，元丹丘认识唐玄宗的妹妹玉真公主，玉真公主也是道士。李白就是通过这个渠道被唐玄宗征召。李阳冰在《唐李翰林草堂集序》中描述了唐玄宗接见“诗仙”的这一让李白终生铭记并倍感荣耀的一刻：“天宝中，皇祖下诏，征就金马，降辇步迎，如见绮皓。以七宝床赐食，御手调羹以饭之，谓曰：卿是布衣，名为朕知，非素蓄道义何以及此。”玄宗放下天子的架子，下了辇车，走上前来迎接李白，让他坐在名贵的椅子上，亲自为他调制美食，还称赞他的大名。

之后李白被授予了翰林供奉一职，其间他写了一些诏书，参与了一些政治活动。而更为人们熟知的是他写赞美杨贵妃的《清平调》三首一事：“帝乘照夜白，太真妃以步辇从，李龟年以歌擅一时之名。帝曰：赏名花，对妃子，焉用旧乐辞为！遂命李白作《清平调》辞三章，令梨园弟子略抚丝竹以促歌，帝自调玉笛以倚曲。”其一云：“云想衣裳花想容，春风拂槛露华浓。若非群玉山头见，会向瑶台月下逢。”

可见李白初到长安时，还是很被唐玄宗看重的，但玄宗似乎只是把他当成一个御用文人来对待，并没有委以重任。可能就是在这样的情况下，李白为了展现自己多方面的才能向唐玄宗进献了“太白鸭”这道菜。李白想起了年轻时在四川经常吃的美味鸭子，就把肥鸭加上百年陈酿花雕、枸杞子、三七和调味料等蒸制后，献给玄宗。玄宗食后，觉得此菜味道极佳，回味无穷，大加称赞，询问李白：“卿所献之菜乃何物烹制？”李白回答：“臣虑陛下龙体劳累，特加补剂耳。”玄宗非常高兴地说：此菜世上少有，可称太白鸭。李白这样做并没有给他带来好运，玄宗对他仍是不冷不热，但这道菜却留传了下来，成为四川的一款名菜。

李白在长安只待了一年多一点的时间，在天宝三年他向唐玄宗提交了辞呈。唐玄宗自然答应的，也许是出于对李白才华的留恋，也许是出于对李白的歉意，唐玄宗给了李白一大笔遣返费，李白被“赐金放还”了。

我始终对传说中的“太白鸭”来历的这个说法有些怀疑，也许这道菜的确是李白向唐玄宗说起的，但我不太认可李白为了求官而向唐玄宗讨好进献美食的说法，这太不符合李白的性格与理想，这点其实直接涉及他主动离开长安的原因。

李白后来在诗中多次提到他离开长安的原因是有小人向唐玄宗进了谗言。关于进谗言的人有各种说法，嫌疑比较大的有高力士、杨贵妃、李林甫、张垍等。不管是谁进的谗言，归根到底李白还是有做得不好的地方，其中一个原因就是他常常喝酒误事，唐玄宗有事召见他，他常常烂醉如泥。试想这样一个喝酒误事的人，皇帝怎么会把重任交给他？

可是李白自己又不这么看，他觉得自己有安邦定国之力、经天纬地之才，能干出姜太公、诸葛亮那样的事业。当他发现唐玄宗只是把他当成一个御用文人而不是一个大贤的政治家来看时，他非常失望。他常在诗中表达这种失望不满，当理想破灭后他就毅然选择离开了长安，他是不会放弃理想而妥协的。所以我认为，如果李白以谄媚的态度向唐玄宗进献“太白鸭”求官必不是当时的实情，如果他能有一点谄媚的态度，他就不会离开长安了。

我们今天品味“太白鸭”，不是品味流俗中的那种对上谄媚和对下倨傲的态度，而应是从中品出李白“大鹏一日同风起，抟摇直上九万里”的人生理想，品出李白的“仰天大笑出门去，我辈岂是蓬蒿人”的非凡自信，品出李白的“安能摧眉折腰事权贵，使我不得开心颜”的傲岸人格。

太白鸭

- 主料：鸭子 1 只
- 配料：枸杞 20 克、白桑皮纸 1 张、葱、姜
- 调料：精盐、绍酒、高汤、白胡椒粉
- 做法：鸭子洗净，斩去鸭脚，在肚下剖开半指长，掏去内脏，用盐和白胡椒粉抹匀。在开水中烫一下，鸭挺身即捞出，用清水洗净除去腥味，放进砂锅里。加精盐、葱、姜、绍酒、高汤、枸杞。用桑皮纸将锅盖密封，不使漏气，然后放入蒸箱内，蒸约 3 小时至十成酥即可。

扫描二维码，看料理视频

杨玉环与贵妃鸡

07

司马迁在《史记·外戚世家》的开头有这样一段话："甚哉，妃匹之爱，君不能得之于臣，父不能得之于子，况卑下乎！既欢合矣，或不能成子姓；能成子姓矣，或不能要其终：岂非命也哉？孔子罕称命，盖难言之也。非通幽明之变，恶能识乎性命哉？"这段话的意思是夫妻间的爱情是命中注定的，就是君与父也无法从臣与子那里夺取。有的夫妻感情好但不能生孩子，而生了孩子的又未必能白头偕老。非神人是无法说清命运的。之所以在这里大段引用与解释这段话，是因为我每次读《史记·外戚世家》总会引起我对夫妻关系及爱情的思考与唏嘘。

当我读杨贵妃的材料时，首先想到的也是这段话。杨贵妃的经历既否定了司马迁的观点也印证了司马迁的观点，否定了“君不能得之于臣，父不能得之于子”的观点，印证了“既欢合矣，或不能成子姓；能成子姓矣，或不能要其终：岂非命也哉？”的观点。

“岂非命也哉？”我再三感叹这句话，觉得这句话用来慨叹杨贵妃的命运再合适不过了。当唐玄宗把“三千宠爱于一身”的感情全部给了杨贵妃时，当天下父母都有了“不重生男重生女”的思想时，当天下人都以羡慕的眼光在慨叹杨贵妃的命是如此之好时，杨贵妃本人心里是什么样的想法？她真的认为自己的命运如此完美吗？这时的她也许不会想到以后的结局，但她肯定会想到她的童年。

人们常说人生有三悲：幼年丧亲，中年丧妻，老来丧子。史学家们是不屑记载也无法去体会一个十多岁的小女孩儿在父母双亡后的内心写照，也许《红楼梦》中的林黛玉给了我们一些参照，但那份凄凉无助可能文字根本无法描绘。父母双亡后，小玉环被叔叔杨玄璬从家乡四川导江接到了洛阳。虽然有叔叔的疼爱，可毕竟不是亲生父亲，看着小朋友都有父母疼爱，小玉环必然悲叹过命运不济吧！

开元二十三年（735），十七岁的杨玉环时来运转。这一年唐玄宗李隆基带着他最宠爱的武惠妃第五次东巡洛阳，他不仅是来视察工作的，也是想为他最喜爱的儿子寿王李瑁找一个满意的妻子。因杨玄璬的河南府士曹这一与社会广泛联系的身份，使杨玉环参加了这次选秀并成为唯一的胜利者。这时天下人包括她自己也在感叹吧，如果不是不幸地失去双亲她能来到洛阳吗？如果不来到洛阳她能成为寿王妃吗？命运吗？命运吗？

杨玉环是有理由相信自己是幸运的，因为寿王不仅长得高大帅气，多才多艺，还人品极好，深受玄宗喜爱，“诸子莫得为比”。最重要的一点是，寿王的母亲武惠妃是玄宗最喜欢的女人，所谓“母爱者子抱”。虽然寿王这时不是太子，但以后呢？这个疑问不知道天下百姓是否有，然武惠妃及当时的宰相李林甫是有的。现在成为寿王妃的杨玉环，以后会不会成为太子妃，甚至是皇后呢？总之，杨玉环时来运转了。

不知杨玉环这时有没有更高的追求成为太子妃乃至皇后，她的婆婆武惠妃是有这个追求的，她做梦都想让儿子寿王李瑁变成太子。问题是太子李瑛还活着，怎么办？那就让他去死吧！武惠妃和那个口蜜腹剑的奸相李林甫勾结起来诬陷太子瑛、瑶、琚三兄弟有“异谋”。开元二十五年，玄宗一怒之下，没深入查证就把三个儿子赐死了。我们常说“虎毒不食子”，权力真的会使人失去理智的。

太子的死为寿王成为太子铺平了道路，但寿王成为太子一事会一帆风顺吗？

没做亏心事不怕鬼敲门，武惠妃现在做了亏心事，真是睡觉都不踏实，天天梦见太子兄弟前来索命，很快就一命呜呼了，“机关算尽太聪明，反误了卿卿性命”。她一死，李林甫对寿王成为太子之事也不积极了。玄宗后来也为一日杀三子而后悔，开元二十六年，在高力士的建议下，立了最长的儿子李玙为太子，后改名为亨，也就是后来的唐肃宗。

寿王彻底失去了当太子的机会，而且因武惠妃的所作所为，当时的社会舆论对他也不利，这时杨玉环的心情恐怕也没三年前那么好了吧？

杨玉环与寿王的感情好不好呢？史书上是不会记载这些的，而且史学家们也无法确切得知小夫妻的私密之事。

但通过一些蛛丝马迹还是会有一点线索的。这二人的性格是完全不同的，寿王喜欢书法、读书，喜静不喜动；杨玉环喜欢唱歌、跳舞，喜动不喜静。关键的一点是杨玉环一直没有生育。有一件事很有意思，在给武惠妃服丧期间，杨玉环为了表示虔诚，穿上了道士服来为婆婆祈福。没一个爱美的女人会喜欢穿道士服，杨玉环却穿上了，这不是说她对武惠妃有多孝顺，而是她在做给活人看，这个活人就是寿王。如果当时寿王宠她，我想她是不会这样做的，只能说明寿王对她有些冷淡，而她在讨好寿王。虽然嫁了一个外人眼里的优质男，但此时她的内心真的觉得幸福吗？真的会觉得命好吗？

唐玄宗是非常喜欢武惠妃的，武惠妃去世后，唐玄宗一方面辗转反侧地思念武惠妃，一方面也在寻找能取代武惠妃的女人，但三年来一直没找到。他过得非常无聊，他让宫中的美女们头戴鲜花，然后放飞蝴蝶，看蝴蝶落在谁头上，他就去谁的住处过夜。

在这种情况下，开元二十八年，有人向唐玄宗推荐了杨玉环并安排二人在华清宫相会。毕竟杨玉环是儿媳妇，虽然寿王同意了（当然了，也不敢反对），但是还要顾及社会舆论，是不能直接迎进宫的。唐玄宗采取的办法很是巧妙，他先让杨玉环出家当道士，法号“太真”——这等于让杨玉环与寿王离婚了。这个“太真”道士其实是个“太假”的道士。接下来唐玄宗在宫里为杨玉环修了太真观，但杨玉环最后太真观也没去，直接住到唐玄宗的兴庆宫里修炼了。

直到四五年后的天宝四年（745）玄宗才正式册立杨玉环为贵妃，在册立杨玉环为贵妃十天前，还帮寿王又选了个妻子。最有意思的是，当年册立杨玉环为寿王妃时，说杨玉环是杨玄璬的女儿；而册立她为贵妃时，说她是杨玄琰（其亲生父亲）之女，这一切都是为了消除人们脑海中杨玉环是寿王妻的印象。既然唐玄宗如此爱杨贵妃，为什么不册立她为皇后？因为在唐玄宗之前的唐皇帝基本上都是皇后死去就不再立后（武则天除外），而且立杨玉环为后，太惹人注意。没有名义上的皇后，贵妃就是后宫的领导，是实际上的后宫之主。真是命运无常，当年杨玉环嫁给寿王时，是有可能成为皇后的；而她现在的确成为了

鸡翅

又名鸡翼、大转弯。肉少，皮富胶质。胶原蛋白含量丰富，对于保持皮肤光泽、增强皮肤弹性均有好处。适合红烧、烧烤等。

皇后，可又相当于成了寿王的母亲，“岂非命也哉”？

唐玄宗得到杨玉环后真的喜欢至极，对其他的女人是“无顾盼意”，“后宫莫得进”，“（杨玉环）与上行同辇，止同室，宴专席，寝同房”。贵妃专宠的一个结果还为我们后人贡献了一道名菜——贵妃鸡：

有一次唐玄宗与杨玉环饮酒对歌，两人都有些醉意，有些飘飘然，杨玉环借机又撒起娇来，痴迷神颠地说：我要飞上天！唐玄宗李隆基忙命御膳房赶快烹制“飞上天”这道菜。厨子们从来都没听说过“飞上天”这道菜，何谈做法？如做不来，又是杀头之罪。情急之下，有位苏州籍的厨子，想到鸡翅含有飞翔之意，且肉较嫩，建议拿它来做此菜。众人忙找来几只童子鸡，苏州厨子斩下翅膀，与香菇、青菜、嫩笋焖烧，再配以青椒，加足调料。待鸡烧好，整个厨房早已香味四溢。端到贵妃面前，这位美人顿时被这道烧鸡翅唤起食欲，尝后连声赞叹，问及菜名，答曰“飞上天”。谁知这杨贵妃吃了一次还想着下一次，每次进餐都点这道菜，以后厨子们干脆就叫它“贵妃鸡”了。这也是唐玄宗专宠杨贵妃带来的一个副产品吧！

我们常常觉得男人是性的动物，对女人见异思迁、喜新厌旧，尤其是帝王，他的后宫女人那么多。可唐玄宗与杨贵妃的事例告诉我们，男人也是可以专一的，帝王也是可以有爱情的。唐玄宗与杨贵妃就像普通的夫妻一样，也会吃醋，也会吵架，而且吵架之后还会更珍惜对方。二人的吵架和闹矛盾最少有两次，唐玄宗还把杨贵妃赶回了娘家，这里只介绍第一次。

天宝五年某天的上午，杨贵妃“以妒悍不逊”，引起“上怒，命送归”。就是杨贵妃因吃醋与唐玄宗吵架，被唐玄宗赶到了亲哥哥杨铦家。

唐玄宗把心爱的女人赶走后的表现，真的非常有趣，“是日，上不怿，比日中，犹未食，左右动不称旨，横被棰挞”。贵妃走后，皇帝非常不开心，等到了中午，连饭都吃不下，看什么都觉得不顺眼，最倒霉的是身边的人，还被暴打。

怎么办呢？皇帝总不能直接去低头向贵妃认错吧！这时唐玄宗最喜爱的太监高力士看出了唐玄宗的心思，打算试探一下皇帝的态度。他说贵妃走了，她的那些生活用具等还在宫中，是不是给她送去。唐玄宗一下子明白了高力士的意图，但他又怕高力士不是真明白，决定把自己的午饭也分一半给贵妃送去。什么意思？估计高力士当时是咬着舌头没让自己笑出声来，这不是主动向贵妃认错吗？

高力士送完东西回来对唐玄宗认真汇报了贵妃对自己的错误进行了深刻地反省，还动情地传达了杨贵妃对皇上的想念。高力士最后向皇帝提了一条合理化建议，既然贵妃已经知错了，达到了教育的目的，是不是可以把她接回来？皇上当即表示同意。这时高力士有些为难了，为什么呢？因为当时已是深夜，唐代的宵禁极严，就是禁门、市门、坊门都关了，按照规定只有极特殊的情况才会开，比如有重大军情。但唐玄宗实在等不了，一夜都等不了，下令要立刻、马上把杨贵妃接回来。第二天玄宗大摆宴席，身边的人都得到了大量的赏赐，估计那些挨打的人得到的更多。

经过两次出宫风波后，李杨两人更加相爱了，他们感觉真的无法离开对方，并下决心要生生世世在一起，为此，他们可能在天宝十载（751）的七月七的夜晚对着天上的牛郎与织女星盟誓，要“在天愿为比翼鸟，在地愿为连理枝”，要永远相爱下去。一个女人能得到一个男人，尤其是能得到拥有不计其数女人的男人的专宠是多么幸福和幸运呀！但杨玉环真的幸运吗？

二人要永远相爱，永远到底有多远呢？

当天宝十五载（756）安禄山带着叛军攻破潼关，逼近大唐首都长安，唐玄宗带杨贵妃等逃到马嵬驿时，这一切都烟消云散了。玄宗的卫队发生兵变，杀死了杨贵妃的堂兄——奸相杨国忠，又把矛头指向了杨贵妃。他们认为是因贵妃的关系才使杨国忠成为奸相而导致安禄山反叛，他们不除杨贵妃誓不罢休，玄宗无奈下令缢死杨贵妃。由享尽荣华到凄凉惨死，由一人之下万人之上到命比草芥，命运吗？命运吗？

以前读到这段历史和白居易的《长恨歌》等作品时，我总是有些伤感，有些怀疑爱情的真实与虚妄。杨李二人之前的感情那么好，那么恩爱，那么信誓旦旦，可在关键时刻唐玄宗还不是弃杨玉环于不顾，还不是“夫妻本是同林鸟，大难临头各自飞”。

在那个兵变、群情激奋的时刻，唐玄宗又能怎么办呢？他已无法控制局面，他一再对身边的人强调：“贵妃常居深宫，安知国忠谋反？”他万般不舍杨贵妃。他把眼神转向了他最倚重的高力士，也许想让高力士帮自己安抚一下这些禁军官兵，或欲让高力士想一个两全其美的办法。高力士也想帮唐玄宗，但高力士的头脑是清醒的，他说：“贵妃诚无罪，然将士已杀国忠，而贵妃在陛下左右，岂敢自安！愿陛下审思之，将士安则陛下安矣。”高力士的分析有两点很明确：玄宗如果想保贵妃，自己的命就难保；贵妃必须死。

我们不必过多地苛求唐玄宗，如果是我们在那个时刻又能比他做得更好吗？

杨贵妃死了也许是不幸的，那活着的唐玄宗幸福吗？他的权力很快被剥夺了，且他对贵妃的思念是无穷尽的，其中夹杂着自责与悔恨，这让他陷入极度的痛苦中。他在贵妃死后入蜀的途中遇雨闻铃，铃声与雨声相应。唐玄宗听后非常感伤，“悼念贵妃，采其声为《雨霖铃》曲，以寄恨焉”；后来回长安经过马嵬坡时，他“到此踌躇不能去”；回宫后，他“追思贵妃不已”，“三载一意，其念不衰”。后来他向儿子肃宗提出改葬贵妃，也没被批准。他无法忍受内心的痛苦与折磨，派人偷偷改葬了贵妃。肃宗得知后，龙颜大怒，强行把他迁居到太极宫的甘露殿软禁起来。就这样带着落寞、带着思念、带着悔恨，唐玄宗比贵妃多活了六年。据说这位七十八岁的老人在走到生命的尽头时，让身边的人都到房间外边去。宫人们只能感受到他的挣扎，听到他的呻吟。在一番番的挣扎中，包含着痛苦与煎熬；在一声声的呻吟中，包含着追忆与思念。

贵妃鸡

- 主料：鸡翅膀 10 只、猪筒骨 1 块
- 配料：水发香菇、鲜冬笋、京葱、生姜
- 调料：绍酒、红葡萄酒、酱油、白糖、高汤、熟猪油
- 做法：将鸡翅膀洗净后用绍酒、酱油各少许拌匀，放在约六七成热的油锅里炸至外皮金黄，捞出。原锅放熟猪油烧热，放入京葱、姜片煸香，加入猪筒骨，煸至变色，将鸡翅膀倒入，放入绍酒、酱油、白糖及高汤，烧滚，移至文火上焖 20 分钟。待鸡翅酥软，改用大火，将水发香菇和切成厚片的冬笋一起下锅，煮沸到汤汁浓稠，捞出猪筒骨和姜片，烹入红葡萄酒，盛盘。

寇准与水晶饼

08

相传“水晶饼”的来历是这样的：有一年寇准从京都开封回到故乡下邽县（今渭南下邽镇）探亲。适逢其五十大寿，乡党们为表敬意送来寿桃、面花、寿匾祝贺，寇准特设宴席款待。酒过三巡、菜过五味之后，手下人捧进一个精致的桐木盒子。寇准打开一看，里面装着五十个晶莹透亮如同水晶一般的点心。在点心上面，还放着一张红纸，上面整整齐齐地写着一首诗：“公有水晶目，又有水晶心，能辨忠与奸，清白不染尘。”落款是“渭北老叟”。后来，寇准的家厨也仿照做出了这种点心，寇准据其特点给它取了一个好听的名字“水晶饼”。

寇准到底是怎样的一个人？他真的如此受百姓的爱戴吗？他真的如那首诗中所说的是个水晶一般的人吗？

很可能就是针对这次寿宴，还有与民间百姓的“水晶”截然相反的一种评价。当时这次寿宴的排场很大。大到什么程度？几乎都有僭越的嫌疑，也就是在一些方面的规格与皇帝差不多，这可是大不敬的罪。皇帝宋真宗得知后很生气地说：“寇准每事欲效朕，可乎？”如果这事在雍正皇帝那里，不用废话，直接就会给砍头了。宋真宗脾气蛮好的，但也非常生气。当时太尉王旦在旁边替寇准说道：寇准这个人确实是有才能的，就是有点呆傻。宋真宗一听这话气就消了。因为他知道寇准并没有一丁点不臣之心，他是相信寇准的忠心的，所以他也叹了口气说：这个人的确是有点呆傻。这时他一定是想到八年前寇准在澶渊之盟时的表现。

公元 1004 年秋，正是草黄马肥之时，辽国自认这是一个侵宋的黄金时间，萧太后为此进行了充分的准备。得到消息的宋真宗吓得魂不附体，万般无奈之下，他想到了还是在他父亲太宗时被赶出中央领导层已经八年之久的寇准。当年八月，寇准第三次进入了中央领导层，与毕士安一起为相。

寇准在战前给真宗上了一篇奏议，在这篇奏议中，他表现出了非凡的才干。他只是一介文官，却有一个大战略家的眼光，这就使他超乎了一般名臣的范畴。他认为辽军看似节节胜利，但并没有取得辉煌战果；又悬军深入，粮草必然难以为继。只要宋军坚壁清野，加强防守，以逸待劳，最后的胜利一定会是大宋的。后来战势的发展完全如寇准所料。

在奏议中他又一次提出了让宋真宗亲征的建议，估计宋真宗这时最不愿意看到的就是“亲征”这两个字。去吧，实在太危险；不去，不说保不保江山的问题，也怕天下人耻笑他。

当时战况已十万火急，前线向朝廷告急的文书一天之内来了五次。但寇准和没事人一样并没有把这些情况向真宗汇报，依然闲庭信步，喝酒说笑自若。第二天有人把这个事向真宗禀报，真宗当时就蒙了，史书中用了一个词——大骇。他责问寇准，寇准轻描淡写地说了一句：您想结束这场战事吗？五天就够了。真宗一听这话，精神为之一振，但听到寇准再次提出让他亲征，又像霜打的茄子——蔫了。

他表示很为难，转身要回宫想想。如果这时真宗一回宫，大臣们就会读出一个重要的信号——皇帝没有信心赢得这场战争，皇帝一定会逃。大臣就会马上回家带着老小逃跑，京师将不战自乱，辽国铁骑到时会轻松南下，最好的结果也是北宋提前一百多年灭亡。

寇准的战略眼光和胆识再一次体现出来，在这千钧一发的时刻，他对真宗说：您回宫，那么以后我再也见不到您了，大宋会一败涂地，请您不要回去，要亲征。真宗也认识到了问题的严重性，勉强同意亲征。

即使亲征决议已定，王钦若和陈尧叟还是劝真宗南逃南京或是成都。真宗这个胆小如鼠的皇帝又动摇了，询问寇准。寇准知道是王钦若和陈尧叟这两个奸臣的馊主意，却装作不知地说："为陛下画此策者，罪可诛也。"又不厌其烦地给真宗打气和分析逃跑的危害。真宗最后总算亲征了，可是五天的路却让真宗磨磨蹭蹭地走了七天。到了黄河边，他不敢过河。如果宋军一败涂地，他在黄河南岸也是在劫难逃。这个道理宋真宗也明白，但他还是不敢过河。又是在寇准的催促下，真宗硬着头皮过了黄河。

澄粉

又称澄面、小麦淀粉。是一种无筋的面粉，成分为小麦。多用于制作虾饺、粉果、肠粉等。

形势一如寇准所预见，宋军看到皇帝亲征，气势百倍，军威大震，接连取得胜利。在这种情况下，寇准打算彻底解决边境甚至是辽国的威胁，但是真宗主张速和，与辽国谈判。寇准没办法，只好同意。谈判代表曹利用去向真宗请示贿赂辽国的底线时，真宗说：如果万不得已，即使一百万也是可以的。曹利用出来时，寇准对他说：如果超过三十万，不要活着来见我了。谈判最终以三十万成交。真宗听到这个消息非常开心，寇准却觉得心酸：明明是宋军取胜，并且将会大胜，却屈辱求和了。

对寇准的表现，范仲淹有过这样的评价："能左右天子，如山不动，却戎狄，保宗社，天下谓之大忠。"估计这个对国家民族的大忠之心，也就是渭北老叟所说的水晶心吧。

江山社稷保住了，真宗应该开心了吧，也应该更重用寇准了吧？在澶渊之盟结束后的一段时间里，真宗的确很敬重和厚待寇准。不过他心里也有一个隐秘的痛，而这个痛恰恰被王钦若感觉到了。王钦若劝真宗逃往南京，寇准说他罪大可诛，王钦若一直对寇准怀恨在心。寇准虽能辨忠奸，但不一定能战胜奸臣。王钦若有一天对真宗说："澶渊之役，陛下不以为耻，而谓准有社稷功，何也？”王钦若接着分析说澶渊之盟是一个屈辱的失败条约，这等于否定了寇准的功劳。更要命的是下面的分析，他举赌徒来设喻，他说赌徒在要输光之时，常会把所有的钱拿出来进行最后一搏，谓之孤注。而寇准就是把陛下您当成了孤注。他的这个分析，是认为寇准一点也不忠于真宗，而是把皇帝当成了最后的筹码。从此之后真宗越来越不喜欢寇准了，第二年便把寇准贬到邓州作知州了。

真宗心里一直有一个隐秘的痛，他觉得在澶渊之役中，他太胆小了，他是被寇准逼去的。他很丢人，没面子，他觉得全国百姓都看不起他，觉得自己的统治的合法性受到了挑战。他要重塑自己高大光辉的形象。这个心思也被王钦若捕捉到了，他建议真宗去封禅泰山。所谓封禅泰山就是去泰山祭天，到泰山旁边的梁父山祭地。帝王若搞这个仪式，意味着宣告天下太平，虽然未必是真太平。封禅前上天都会降下一些祥瑞，比如出现麒麟、龙、凤、白虎、白鹿等，这个事一般都是帝王自己或是身边的人做的手脚。但是不明真相的人就会认为天帝是认可当朝皇帝的，或者是对皇帝的工作表示满意的，以这些吉祥物对皇帝进行奖励。

在宋真宗和王钦若等人的安排下，天帝果然对真宗的成绩表示了高度的肯定，如约地降下了吉祥物，真宗也成功地对泰山进行了封禅。真宗应该是有自信找到了统治的合法性了吧！他对这样的事似乎上了瘾，到他去世的十多年里，一直让上天不断地降下吉祥物。这个过程中他几乎败光了国库的积蓄，民怨沸腾，政治败坏。这时他又想让寇准来收拾烂摊子。

公元1019年，真宗再一次召寇准任宰相。不过关于这一次入相的原因，人们普遍认为是寇准人生中的一个败笔，是他的一个污点，他并不是清白不染尘的。

有人在寇准的治下发现了伪造的天书，这个消息恰到好处地传到了真宗的耳朵里，真宗问王旦怎么办。王旦说：寇准是最不信天书的，现在天帝降下了天书，应让寇准上报。寇准上报天书不久即被真宗召回拜相。所以许多人认为寇准明知天书是假造的，“天书派”是祸国殃民的，但是他为了当宰相，还是作出了妥协。他染了尘，有污点，晚年变节。

《宋史》本传中这个记载是有一点问题的，因为王旦在两年前已去世。所以有人认为当时给真宗建议的不是王旦而是王钦若这个小人，并且还认为当时朝廷让寇准的女婿王曙做寇准的思想工作。寇准在各方的逼迫下，把此事上奏朝廷。这种“被逼无奈说”与前面的“变节求荣”有差别，但还是可以看成寇准的人生污点。

有人又提出第三种说法，寇准并没有变节，他只是例行公事：“当‘天书’出现在寇准辖区之内的时候，作为地方长官，他是必须上报的。而仅仅上报天书，不会给寇准带来太多的心理负担。”所以当这个“天书”抵京时，有人上谏书大骂发现“天书”的朱能是“奸佞小人”，也把真宗和他身边的“天书派”骂了一通，唯独没骂寇准。

八年前渭北老叟送给寇准一份“水晶饼”，给了寇准一个“水晶”的评价。我想八年后，他也不会改变自己的想法，他依然会认为寇准心系百姓，忠于天下，始终与奸佞小人势不两立，以自己的果敢勇气与奸臣斗争到底，哪怕最后被贬雷州而客死他乡也无怨无悔，以自己高洁的品质而当之无愧地享有“水晶”的比喻。

故事中，人们常把寇准当成是山西人，并称之为“寇老西儿”。其实他是今陕西渭南人氏。寇准功成名就后，许多人不敢称他的名，称他为上谷寇公，或者是上谷公，因为上谷的寇氏是最发达、最显赫的寇氏。上谷在山西，就这样，一个“老陕儿”变成了“老西儿”。

水晶饼

- 主料：澄粉 120 克
- 配料：糯米粉 40 克、红薯 2 个、开水 160 克、白糖 40 克
- 调料：猪油 10 克、植物油
- 做法：做薯泥:红薯切块，蒸熟，去皮，捣烂，过筛，倒入锅内加白糖和植物油炒成薯泥备用。

  做饼皮：先将糯米粉和澄粉混合过筛，再加入白糖和猪油，倒入开水拌匀。待凉后搓至面团透明柔软。

  包制：把饼皮面团和薯泥分成等量份数，饼皮要略大于薯泥（两者加起来的重量和使用的模具等同即可）。取一个面团把薯泥包住收紧，外面抹植物油，放入模具，压住，取出。将包好的水晶饼放在已涂好油的盘子里，大火蒸 10 分钟即可。

苏轼与东坡肉

09

似乎大人物出生时，上天总是要给人间一些神秘的启示。比如汉高祖刘邦出生时，其母在水泽边的堤岸上睡着了，梦见神人下来与自己约会，斯时天昏地暗，电闪雷鸣，刘邦的父亲去找她时，看见一条龙伏在妻子的身上，于是刘太婆怀孕生了刘邦。又如明太祖朱元璋出生时则红光满室，邻居还以为失火了。

苏轼的出生也是伴着一个奇异的自然现象。只不过在公元1036年，四川眉山县里的人并没有把秀丽的彭老山的突然荒芜与一个男孩儿的出生联系到一起。当地的人也许一直在苦苦地寻找答案，为什么风景秀美、青林翠竹、溪水潺潺的彭老山一下子百花不开，禽鸟不至。直到六十六年后的1101年，苏轼去世，彭老山突然又焕发生机，当地的人才恍然大悟：原来彭老山的灵秀之气是被当年降生的苏轼带走了，而苏轼去世后，他又把灵秀之气还给了彭老山。

也许真的是彭老山的灵秀之气集中到了苏轼身上，他有着过人的智慧与无与伦比的聪明。这一点连在“乌台诗案”中欲把苏轼置之死地而后快、陷之亡地而后喜的李定也惊叹不已。一天群臣在候朝，李定突然说：“苏轼乃奇才也。”大家不知他葫芦里卖的什么药，俱不敢答。他解释道：即使二十年前所作的诗文，引经援史，随问随答，无一字差错，这还不是奇才么？不仅是李定这样学识渊博的人，连一个没有多少文化的老仆对此也有着明晰的认识。苏轼死后，一个姓洪的学士接替他给皇帝起草诏书，洪学士对自己的文采很是得意，有一次他问曾侍候过苏轼的老仆他比苏轼如何。老仆人说：苏轼文采未必超过大人，但他从来不用查书。

小苏轼没有把自己聪颖的天资当成资本，他读书非常刻苦，他说：“我昔家居断往还，著书不复窥园葵。”他为读书忍痛不与小伙伴们玩耍，也不到类似于小鲁迅家的百草园的菜园中去看看园中葵花等事物。

这样的勤奋还来源于其父苏洵的严厉督促。在苏轼六十多岁时有一次梦后写了一首诗，开头几句说：“夜梦嬉戏童子如，父师检责惊走书。计功当毕春秋余，今乃粗及桓庄初。怛然悸悟心不舒，起坐有如挂钩鱼……”这里说的是他梦见了当年其父给他布置读《春秋》这部书的作业，在规定完成的最后期限里，他才看完《春秋》的三分之一，这使他提心吊胆，害怕被父亲责骂，这种感受如鱼儿嘴里吞着鱼钩一样。也许苏轼写出了天下大多数学生在假期即将结束，而作业还没完成时的恐惧心理。

苏洵对儿子的严来源于他对儿子有着极高的期望，这从他给儿子起的名字中可以看出来。他认为车轮子、车辐条、车盖子及车厢底部的横木等对于车子都是必不可少的，只有在车厢前端供人扶手的横木“车轼”好像没什么实际用处，但去掉的话，这辆车子就不是完整意义上的车子了。接着他说：“轼乎，吾惧汝之不外饰也。”意思是，轼呀，我担心你不懂得有所掩饰呀。他希望儿子在为人处世上不要锋芒太露，不要对任何人都直抒胸臆，应该懂得有所掩饰。苏轼能做到吗？如果苏轼真的能做到这一点，后人也许就不会这么喜爱他了。

苏洵之前没到过京师，也没见过当时文坛领袖欧阳修，但他对当时文风的看法与欧阳修有着惊人的一致，他们都对唐季五代以来华而不实、空洞无物、堆砌词藻的文章不满。他在教导苏轼与苏辙写作时，要求他们师法诸子，踪迹班马。所以在苏轼二十一岁进京考试时，当年的主考官欧阳修对他的名作《刑赏忠厚之至论》青睐有加。

这篇被欧阳修欣赏好多天并认为是当年试卷中最好的文章，却没被他评为第一。因为北宋时的考卷是糊名并要重新誊写的，在拆封前无法得知文章的作者是谁。欧阳修看到这篇文章时并不知道这是苏轼的手笔，他还以为是自己的朋友曾巩所写，为了不被别人说闲话，忍痛把这篇文章评为第二。

在复试时，苏轼不负众望地拔得了“春秋对义”的头筹。仁宗亲临崇政殿策问考试，二十二岁的苏轼与十九岁的弟弟苏辙同科进士及第。看着这样一对仪表秀美、才华出众的兄弟，仁宗皇帝非常高兴，回宫对皇后说：我今天为子

五花肉

别称肋条肉、三层肉，位于猪的腹部。肥肉遇热易化，瘦肉久煮不柴。五花肉一直是一些代表性中菜的最佳主角，如梅菜扣肉、回锅肉等。

孙选了两个宰相。

人生有许多的无奈，苏轼的母亲程氏不仅没有享受到两个儿子高中后的荣耀，甚至可能连儿子高中后的消息也没有得到，在苏轼考试期间就去世了。苏轼的母亲对儿子的影响是巨大的，她教育淘气的小苏轼兄弟不要伤害小鸟，并且与儿子们一起读《后汉书》等经典，教育孩子们要以历史上的气节之士为榜样，这些影响是伴随苏轼兄弟一生的。

按照当时的规定，父母去世后孩子们要回乡守孝三年。苏洵携苏轼、苏辙兄弟回乡了。三年后，苏洵带着苏轼、苏辙及二人的妻子再度来到京城。1061 年苏轼被派到地方上锻炼，担任大理评事，凤翔签判，相当于凤翔府知府助理的官职。四年后，他回到京城在史馆工作，负责编修国史。在这个时候，他的妻子王弗去世。苏轼非常爱他的妻子，王弗对苏轼的影响帮助也是巨大的。苏轼为人直爽，心直口快，对人毫无戒心。妻子王弗就留意他的行事，常引苏洵的话来规劝苏轼，帮助苏轼分析他所交朋友的优劣。妻子去世十年后的某天，苏轼又梦见了王弗，写下了名篇

《江城子·记梦》：

十年生死两茫茫，不思量，自难忘。
千里孤坟，无处话凄凉。
纵使相逢应不识，尘满面，鬓如霜。
夜来幽梦忽还乡。
小轩窗，正梳妆。
相顾无言，惟有泪千行。
料得年年肠断处，明月夜，短松冈。

福无双至，祸不单行。第二年，苏洵又去世，苏轼兄弟又回乡守孝三年。当苏轼兄弟守孝期满回京后，朝廷的形势已经发生了变化，正逢历史上有名的“王安石变法”。苏轼与王安石的意见相左，主动请求到地方上任职。十年间，他先后担任杭州通判、密州知州、徐州知州、湖州知州。

1079 年，刚上任湖州知州不到四个月的苏轼被朝廷负责监察的御史台下了大狱，原因是苏轼任地方官的十年里，把所目睹的朝廷施行新法所产生的许多弊端和给百姓带来的深重灾难写在了诗歌里，并被人民广为传诵。这使维新派人士咬牙切齿，必欲除之，同时也是为了杀鸡儆猴，就把苏轼下了大狱。他在狱中受到了残酷的虐待。同是受人诬陷入狱的大臣苏颂被关在苏轼的隔壁，写下了：“遥怜北户吴兴（湖州）守，诟辱通宵不忍闻。”苏轼的政敌并没有达到处死他的目的，最后苏轼被贬到黄州任团练副使。虽然这个官名与现在的县级人民武装部副部长相当，实际上他并没有一点权力，不得参与公事，是当地看管的犯官，近于流放。

没经历过这些的人，很难真正体会到，一个科场奇才，一个曾被先帝期望成为宰相的人，一个知州，一个受百姓爱戴的好官，一个满腹才华的诗人，一下子因几首诗被诬下狱又被流放，会经历怎样的一个心路历程。好在他是一个诗人，一个无与伦比的文学家，他给我们留下了一些反映他刚到黄州时的心境的文字：“昏昏觉还卧，展转无由足。”他白天只是在家里睡觉，到了晚上才出门透透气。又说：“饮中真味老更浓，醉里狂言真可怕。”

不仅要过心理的落差关，他还要面对一个更为实际的问题——生活开销。虽然他也做了二十多年的官，但他并没有多少积蓄。他估计出一家在黄州的开销一月大致在四千五百文左右，于月初取出四千五百文钱，分为三十份，挂在屋梁上，每早用叉子挑一份供一天使用，当天用不完的钱用大竹筒收起来作为待客之用。

即便如此，他的积蓄也只能维持一年左右，一年后呢？他的朋友马正卿经过多方奔走，为他在黄州东门外一里左右的地方申请了五十亩的荒地。这里荆棘瓦砾遍地、杂草丛生，苏轼带着全家人在此开荒种田。我们知道在诗歌中有一个山水田园诗派，王维、孟浩然那些写归隐之乐的诗人十有八九是不会真正地去开荒种田的，就是去种也是本着娱乐的心态，因为有仆人帮他们劳作。苏轼与他们是截然不同的，他是为了填饱肚子而成了地地道道的农夫，体会到了农民的艰辛。

这块荒坡地因在黄州东面，苏轼想到了他所喜爱的诗人白居易被贬忠州曾写过《东坡种花》："朝上东坡步，夕上东坡步。东坡何所爱，爱此新成树。"于是乎，他把这块荒地命名为东坡，并自称"东坡居士"。居士原指在家修行的佛教徒，这里有着追求清高、淡泊世事的意味。

即便如此，也只能维持全家的温饱，甚至要勒紧腰带过日子，为此他专门写了一篇《节饮食说》：以后早晚吃饭不过一杯酒、一块肉，有贵客来了最多也不能超过三杯酒、三块肉，只能减少不能增加。有人请我时，也以此为限。他还说这样的好处是安分养福，宽胃养气，当然最主要的还是省钱。我们不得不佩服东坡面对困难、超越困难的淡定从容。

他早晚所吃的肉就是我们今天所说的他在黄州发明的“东坡肉”。为了保有这个专利，他给我们留下了《猪肉颂》一文：

净洗锅，少著水，柴头罨（音为“掩”）烟焰不起（燃上柴禾等，抑制火势，用不冒火苗的文火来炖）。待他自熟莫催他，火候足时他自美。黄州好猪肉，价贱如泥土。贵人不肯吃，贫人不解煮。早晨起来打两碗，饱得自家君莫管。

我们常说中华饮食文化博大精深，在“东坡肉”这道菜上有着完美的体现，我们品味“东坡肉”不仅是在品味这道菜的美味，更是体会苏东坡当年的荣辱苦乐，体会他在困难中的坚持，体会他在逆境中淡定、从容、乐观的心境。

本文也将以他在黄州所写的《定风波》一词作为本篇的结尾来表达对东坡居士的敬意：

莫听穿林打叶声，何妨吟啸且徐行。
竹杖芒鞋轻胜马，谁怕？
一蓑烟雨任平生。
料峭春风吹酒醒，微冷，山头斜照却相迎。
回首向来萧瑟处，归去，也无风雨也无晴。

古早味东坡肉

- 主料：带皮五花肉 700 克
- 配料：京葱、生姜
- 调料：老酒 200 毫升、酱油 100 毫升、冰糖 50 克
- 做法：五花肉先水里煮一下，去血水和定型，改刀切约 6 厘米见方的大块。锅底铺大葱、姜片，把五花肉摆进去，把调料兑好，倒进去，大火烧开后转小火，焖 70 分钟。煮好的五花肉移入碗里，盖上盖子，蒸锅蒸 20 分钟即可。

沈万三与万三蹄

10

沈万三对今人来说是个谜，他留下的大多是传说，确切的记载少之又少。如果要连缀出一篇详实又连贯的关于沈万三的确切身世的文章，是一个艰巨又不可能完成的工作。

在三十年以前沈万三对今人来说还只是个默默无闻的古人，随着周庄被定位为中国江南第一水乡及其旅游的大热，沈万三渐渐被人们所了解。这在一定程度上也是周庄为了发展旅游业而讲出的故事，因为一个没有故事的旅游景点是华而不实，没有内涵的。

在明代沈万三的确是大名鼎鼎的，一个证据就是明代中晚期的《金瓶梅》的作者借书中一个名声不怎么好的女人潘金莲的嘴说道：“南京沈万三，北京枯树弯——人的名儿，树的影儿。”

虽然潘金莲说“人的名儿，树的影儿”，其实沈万三的“名儿”就是个说不清的谜。沈万三，名富，字仲荣，俗称万三。为什么被称为“万三”？因沈家财富巨万，家财是以“万”为单位来数的，他在家中排行第三，于是乎称其为“万三”。这样看似乎解释得通，但关于其名字本身就有不同的说法，《明史》中说其名为“秀”，为什么有这个名字呢？明弘治年间田艺蘅所写的《留青日札》：“今人言富者，必曰沈万三秀云。沈姓，万三行。秀者，元时称人以郎、官、秀为第，至今人之鄙人者曰不郎不秀，是言不高不下也。”这段话的意思是：人们说某人富有，一定要提及沈万三。就如今人说某人富有时，一定要说比尔·盖茨或者李嘉诚一样。这个材料还明确对沈万三名“秀”进行了解说。原来元朝时把平民百姓分为郎、官、秀三等；到了明初又在此基础上把平民百姓分为“哥、畸、郎、官、秀”五等。不论是三等还是五等，“秀”都是最高的一等，全国首富当然是最高的一等。

至于沈万三是如何成为首富的，更是一个谜。既然是谜，人们就会通过自己的想象和联想试图对此进行解答，解答最省力的当属“聚宝盆”说：

沈万三年轻贫困时，有一天看见一个农夫捉到一百多只青蛙要卖，沈万三见到后有些不忍，劝农夫放生。农夫说自己家里连下锅的米都没有了，卖这些青蛙是解燃眉之急的。沈万三顿生恻隐之心，把荷包里仅有的一点钱拿出来买下这些青蛙放生了。到了第二天，看到这些青蛙聚在一瓦盆中不散（去过周庄的人都清楚，周庄依水而建，家家傍水），沈万三觉得奇怪，就把瓦盆带回家当洗脸盆使用。一天，他的妻子洗手时不小心把银钗掉在了瓦盆中，一会儿，只见盆中生出无数个银钗，转眼间，整个盆中全是银钗。沈万三明白了，这是个聚宝盆。此后沈万三要金得金，要银得银，成了巨富。

如果去周庄旅游，进入沈厅，看到的沈万三像就是手捧聚宝盆的模样。这个说法，类似于给小孩子讲的公主与王子的童话，表达了人们对未知财富的巨大想象与向往，既反映了人们对沈万三成为首富的不解，也有“不劳而获”“一夜暴富”的心理在作祟。其实古时的商人大多都是通过辛勤的劳动掘得第一桶金，有了原始积累后再通过灵活的头脑而使自己成为时代翘楚的。

沈万三家走的也是这样一条路。沈万三家原来并不住在周庄，原籍本是湖州南浔，以种田和小本生意为生，后来迁到苏州的周庄。也许沈万三的父亲沈祐就是个老实本分的农民，他种田很有本事，“躬率子弟服劳，粪治有方，潴泄有法，由是致富”。老沈祐只是小富即安的种田人，他的理想也不过是多买些田地，成为一个小地主，然后看着四个儿子都娶妻生子，再看着孙子们长大后享受天伦之乐。在元末的乱世里，这样的生活是很令人向往的，他做梦也不敢想自己的儿子能通过经商致富，甚至他也不认为经商是一个正当的职业。因为在中国古时有四民——士、农、工、商——之说，商排在四民之末，而最理想的是务农，有了家业之后，再培养孩子们成为读书的“士人”，后通过科举考试为官，这就是所谓的“耕读传家”。所以老沈祐对爱读书的沈万四很是满意，对整天不满足于种田而是想外出经商的沈万三有些头痛。他为了能让沈万三安心在家务农读书，就想沈万三快点成家，好让妻子拴住沈万心那颗不安分的心。

老沈祐打定主意后，就去找周庄最有名的媒婆高老娘。高老娘不但能说会道，这周围十里八乡的情况，她也都熟悉，而且她本人还是个接生婆，据说她做媒的夫妻家家能生儿子。

不单是看中老沈祐拿出的一大笔酬金，高老娘早有意把自己的一个亲戚褚氏之女许配给沈家。一方面沈家家底丰厚，现在已经是周庄的首富了；而且高老娘也很喜欢小伙子沈万三，头脑机灵，待人和气有礼。这门婚事毫无悬念地成功了。

作为外来户的老沈祐对周庄的很多规矩还不是十分清楚，他只知道要送十八个蹄髈来感谢媒人，又觉得送十八只蹄髈表达不出自己的感谢之情，就把家传的焖蹄髈的秘方找出来，把十八只蹄髈放在大锅里焖烧一天。当十八只香气四溢的蹄髈送到媒婆家里时，高媒婆在开心之后又犯了难，因为周庄用十八只蹄髈谢媒人不假，但都是生的，可以腌制，放得长久。现在这十八只焖烂的蹄髈是无法保存了，高媒婆最后只得自己留了两只，另十六只送人了。这一送不要紧，大家对这个蹄髈的做法赞不绝口，纷纷向老沈祐请教蹄髈烧法。老沈祐也是不吝指教，教给周庄人蹄髈的做法，后来“焖蹄髈”成了周庄逢年过节或招待宾客的必备之菜。因它是沈万三招亲的产物，周庄人便称之为“万三蹄”。

一心想外出闯荡的沈万三之所以答应父亲让其成家的安排，除了年轻人荷尔蒙分泌旺盛的需要外，另一个重要的原因是父亲答应，只要他安心成家并在周庄专心务农，便给他一笔安家费。他太需要这笔钱了。在新婚夜，沈万三对新娘说：即将外出经商。新娘子声泪俱下也只能支持，第二天沈万三就告别妻子外出经商。也许这个妻子实在是没有吸引力，不然沈万三也未必会新婚第二天就离开妻子远行，想想杜甫的《新婚别》和《三国演义》中刘备南徐就亲的事便清楚了。

这次外出经商使沈万三获得了巨大的成功，其间有两件事对他日后的发展起到了至关重要的作用：

第一，沈万三在经商途中结识了盐贩张士德，得悉盐民起义的信息，沈万三趁机以粮食、丝绸交换他们手上的盐业。虽然风险极大，但在张士德的援助之下，沈万三获

蹄髈

俗称肘子，就是紧挨爪子的部分。猪肘分为前肘、后肘。万三蹄选用的是后肘，这部分皮厚、筋多、胶质重。蹄髈适宜红烧、炖、卤、煨等。

得了丰厚的润利。

第二，获得陆德源巨额家产。吴江富商陆德源在经商时受到奸商的刁难而陷入困境，沈万三以他的智慧帮陆德源渡过了难关。陆翁为报答沈万三的情意愿跟沈万三继续合作，还把独生女儿丽娘也嫁给了他。沈万三得到了陆家丰厚的家产后，经商财力更加雄厚。

关于陆氏赠财给沈万三也有各种不同的版本，有的记载是沈万三在陆德源的商铺里管账，陆德源很欣赏沈万三的聪明才智和经商信用，觉得自己已经老了，也看破了红尘，手里的巨额财产假如不传给别人，一旦时局动荡，反而会酿成祸害，于是把全部财产赠送给沈万三，自己去澄湖边的开云馆当了道士，直到寿终。

沈万三有了雄厚的资本后，野心更大了。他一方面继续开辟田宅，另一方面把“东走沪渎，南通浙境”、水路交通发达的周庄作为商品贸易和流通的基地。他把内地的丝绸、瓷器、粮食和手工艺品等运往海外，又将海外的珠宝、象牙、犀角、香料和药材运到中国，开始了“竞以求富为务”的对外贸易活动，很快使自己成为江南第一豪富，创造了令世人难以想象的奇迹。

以周庄和苏州为根据地的沈万三不得不与当时定都在苏州自称为吴王的张士诚交往。

沈万三早年结交过张士诚的弟弟张士德，有与张士诚结交的渠道与纽带。同时张士诚在江南地区施行的也是发展经济、与商人友好的政策。这也必然引起沈万三对张士诚政权的亲近之情，沈万三不遗余力地帮助张士诚。

张士诚起义反元了，但后来他发现对他威胁最大的反而不是元政府，而是和他同一战壕里共同反元的朱元璋。于是张士诚决定和元政府共同对抗朱元璋，为了表示诚意，他每年给元政府运送十几万石大米。沈万三家族在其中扮演了极其重要的角色：一方面沈万三的产业中就有米业，张士诚运往大都燕京的这么多粮食中不可能没有沈万三的捐助；更重要的是沈万三之子沈旺、沈茂还参与了张士诚由海路将米运至燕京的行动。张士诚设宴款待参与这次行动的人，沈家的人在宴上对张士诚歌功颂德，事后还刻石铭记此事，此碑现存于苏州北寺塔内。

当张士诚大势已去，朱元璋兵围苏州时，苏州百姓与江南富豪也还是极力支持他，这其中也包括沈万三家族。顾颉刚写道："三家村在平门路北，张士诚时止存仰、胡、沈三姓，聚族死守娄门。"

这相当于一场豪赌，如果赌赢了，沈万三在张士诚治下的生意一定会百尺竿头更进一步。可惜沈万三赌输了，朱元璋很快打败了张士诚，并统一了中国。也许沈万三和朱元璋二人早年还有一面之缘，在周庄沈厅介绍沈万三事迹的一栏上写道："沈万三在周庄从事经商行业，到北京卖扇子却亏了本，乞讨回家在江淮古道上结识了小和尚朱崇，不料这小和尚后来竟成了大明的开国皇帝，就是朱元璋。"

也许沈万三想让朱元璋看在曾经是落难相识的旧情上，原谅自己支持张士诚的错误过往，也许沈万三更想与朱元璋搞好关系，以便在朱元璋的新朝里自己的生意再上一个台阶，所以沈万三极力讨好朱元璋。

洪武元年（1368）是朱元璋正式即帝位又是朱元璋四十大寿的好年份，沈万三与几个富豪为了致忠心，向朱元璋进献寿礼。朱元璋为了表示感谢，派人请他们吃了顿饭，虽然饭菜很简单，沈万三对此仍是受宠若惊。他决定再接再厉，用他讨好张士诚的老办法，献粮献银，直到有了被后世津津乐道传颂的助朱元璋修首都南京城三分之一城墙的豪举。后人实在是无法想象他到底出了多少钱，这笔钱一定是个天文数字。朱元璋面露喜色，给了他一个回报，封沈万三长子沈茂为广积库提举。

朱元璋真的与沈万三冰释前嫌了吗？让我们来看看“万三蹄”的第二个传说：

朱元璋到沈万三家做客，沈万三以猪蹄髈招待朱元璋，朱元璋看到后故意为难沈万三，问他这个怎么吃。因为是整个蹄髈，没有切开，如果沈万三用刀，那朱元璋就可治他的罪了（古时不可在皇上面前动武器）。沈万三灵机一动，从蹄髈中抽出一根细的骨头来，以骨切肉，保了自己的一条小命。从此便有了万三蹄髈的传统吃法，就是做和吃这道菜时不能用刀，必须以骨代刀，这很是考验厨师对火候的把握。朱元璋觉得很好吃，问沈万三这道菜叫什么名字，沈万三一想总不能说是叫猪蹄髈呀，因为“猪”与“朱”同音，犯了皇帝的名讳，这是欺君之罪，是要杀头的。他灵机一动，一拍自己的大腿说，这是“万三蹄”，“万三蹄”由此得名。

不管这个故事的真实性如何，有一点是可以肯定的，朱元璋一直想要置沈万三于死地。

沈万三真的只是个商人，他的思维一直都是商业思维，相信钱可通神。他觉得用修城墙的钱基本把朱元璋收买了，决定再趁热打铁，听说朱元璋要犒赏三军，就主动向朱元璋请缨，欲代天子犒赏三军。朱元璋被彻底激怒了，但他还是不动声色地问了一句：我有士兵百万，你有这么多钱吗？沈万三说：我可以每人赏一两金子。

沈万三指望他说完这句话后马上令朱元璋龙颜大悦而得到封赏，可是他这次是马屁没拍对而拍在马脚上了。朱元璋听完后勃然大怒说：“匹夫犒天子之军，此乱民也，宜诛之。”马上把沈万三下了狱要杀头。多亏马皇后代为求情说：如果他是个不祥之人，上天会降灾惩罚他，何劳天子动手？朱元璋看在马皇后的面子上，没杀沈万三。死罪免了，活罪难逃，沈万三被发配云南，家财充公，最后客死云南。后来朝廷恩准其子孙“使先人魂归故里”的请求，其骸骨归葬于周庄的水底墓。

后人，尤其是现在的周庄人，一直觉得沈万三冤枉。在后世的各种小说故事中，也是极力丑化朱元璋而为沈万三鸣冤。

沈万三冤吗？朱元璋为什么要杀沈万三呢？

第一，还是金钱惹祸。沈万三以为钱是自己的，他可以用钱收买朱元璋。但朱元璋的思维是，我是天子，全天下的钱都是我的，我的是我的，你的还是我的。所以我当然不用你来犒军，因为你沈万三的钱就是我朱元璋的，我现在只不过是拿回来。朱元璋的思维是强盗逻辑吗？《诗经》:“普天之下，莫非王土。率土之滨，莫非王臣。”朱元璋是没错的，那沈万三错了吗？

第二，沈万三富到了什么程度呢？从上文说的修城墙、犒赏三军完全能推测出来。记载中还说其“资产巨万，田产遍天下”。如果我是朱元璋，看到“田产遍天下”几个字的报告，我也会杀沈万三。“田产遍天下”几个字，意味着天下的好地都被沈万三占有了，意味着成千上万的农民都要为沈万三打工。天下的农民都为沈万三打工，朱元璋能不担心吗？另一方面沈万三能不恃强凌弱，盘剥百姓吗？作为贫农出身的朱元璋是深谙其理的，也许他最恨的就是这种大地主。

相传沈万三的弟弟沈万四曾写过一首诗给沈万三：

锦衣玉食非为福，
檀板金樽可罢休。
何事子孙长久计，
瓦盆盛酒木棉裘。

沈万四是想劝哥哥不要追求奢华生活，不要疯狂追求金钱而迷失本性，更不要在财富积累到一定程度后还去盘剥百姓，而应适可而止、功成身退。这也是今天我们品尝“万三蹄”要想到的。

万三蹄

- 主料：猪后腿 1 只
- 配料：姜、葱、桂皮、八角、花椒、草果、小茴香、香叶
- 调料：酱油、冰糖
- 做法：猪后腿洗净入锅，煮至七分熟。在肉皮上划出几道口子，趁热抹上酱油。放入油锅里炸一会儿（两面都要炸）。
  另备一口锅，放入油和刚炸过的猪后腿，依次放入冰糖、酱油、香料，大火炖一会儿，然后转中火慢炖 2 个小时。这期间火候要数文数旺，以文为主，最后炖至收汁即可。

扫描二维码，看料理视频

郑板桥与菜豆腐鸡

11

和历史上的许多文化名人一样，郑板桥的一生也是命途多舛。虽然郑板桥一直把他出生在“小雪”节这一天当成一件幸事来看，为此还刻了一方“雪婆婆同日生”的印章，但他出生的时间点并不被认为是适当的，或者最少也给母亲的待产带来了很多不便。

郑母产前，郑板桥的太祖母去世。当时扬州兴化有个迷信风俗，家遭丧事，产妇在家生产，血光会冲击亡灵。可是，接纳别家妇女生产的人家，也要晦气好几辈子。郑板桥的祖母最后听从侍婢费氏的建议让儿媳去乡下本家处“借生”。

非但出生艰难，郑板桥的幼年与童年也都在艰苦与辛酸中度过。灾荒连年，亲人相继去世。他说：“我生三岁我母无，叮咛难割襁中孤。”三岁时，慈母早逝，他还不能马上明白这个惨剧，仍然“登床索乳抱母卧，不知母殁还相呼”，何等地让人伤感。

小板桥失去了母爱，但他得到了来自其祖母的侍婢，也是他的乳母费氏的无微不至的关怀，每次读到板桥所写的关于费氏的文章都会让人称赞不已。康熙三十五年(1696)，兴化发生了百年一遇的灾荒，郑家本已拮据的日子更是雪上加霜，由小康陷入困顿。费氏这时已经成家，但还是义务到郑家帮工。每天清晨，她背着小板桥穿过长长的竹巷来到东城门口，用一钱买一饼递与小板桥，然后又沿着原路返回。小板桥吃着饼子，她料理家务。平时，费氏如果能买到一些鱼肉的话，总是让小板桥先吃，然后才给自己的孩子吃。

两年后，兴化又遭水灾。为了生计，费氏的丈夫决定外出谋生。费氏不忍心跟郑家说，又舍不得离开小板桥一家，无奈，暗自流泪。她将板桥祖母蔡太夫人的破旧衣服洗好补好，买了十几捆柴草放在郑家厨房里。一天清晨，她将做好的饭菜放在锅里，然后悄无声息地离开了。小板桥起床后，按照以往的习惯，先去找乳母，见其家中空无一人，便去厨房，仍然不见乳母的身影。揭开锅盖时，看到做好的饭菜还冒着热气，七岁的板桥不禁失声痛哭起来，竟然不能食用此饭。四年后，费氏归来，继续在郑家做女佣。第二年，她的儿子费俊升任小官，要接她去享清福，她舍不得离开蔡太夫人和板桥，不肯离去，一直留在郑家为佣。

等到板桥中了进士，喜报传到家中，七十六岁的费氏高兴地说："吾抚幼主成名，儿子做八品官，复何恨？"后无疾而终。

板桥是在四十四岁（1736）时中的进士。郑板桥一生总是在大喜大悲的急速转换中跌宕：他中进士时，关爱他的费氏去世；四年前他中举人前不久，与他相伴十六年的爱妻徐氏因病去世；再十年前他中秀才时，他的父亲立庵和爱子病逝。

古人常说："金榜题名时，洞房花烛夜。"板桥的这次高中也完成了一段佳缘。在前一年阳春三月的某一天，天气晴好，百花飘香，蜂飞蝶舞。板桥心情大好，哪怕他心情暂时不好，接下来发生的事也会让他心情大好的。他信步出了扬州北门，来到离城十几里的玉勾斜，此地树木丛生，百草丰茂，居民渐少，飞鸟渐多。一个疏疏的篱落掩映在花树之中，板桥有些日高人渴漫思茶，就小叩柴扉，一个老婆婆请板桥进屋休息并捧茶待客。估计在现代社会中，这样的事是不会有的，没有人敢随随便便请一个相貌丑陋的中年男子进屋闲聊的。板桥环顾屋内，竟然发现墙上贴有自己的词。不管是谁遇到这样的事都会十分开心的，遇到知音和粉丝了嘛。板桥心中窃喜，想显摆一下，问老婆婆："识此人乎？""闻名，不识其人。"板桥说："板桥，即我也。"老婆婆大喜喊道：女儿快出来，郑板桥先生来我们家了。喊了好多声，女孩子也没出来，板桥有一点纳闷，等到老婆婆为板桥准备好午饭并且板桥把饭都快吃完了，这个女孩子还没出来。等板桥准备离开时，女孩子才出来。当女孩子出来时，板桥恍然大悟，原来她在化妆。女孩打扮得非常漂亮，款款而出，用含情脉脉的眼神和万分崇拜的语气说："久闻公名，读公词，甚爱慕。""爱慕"这个词很关键，郑板桥马上心领神会。她接着说：听说您有《道情》十首，能为我写下来吗？郑板桥早想大显身手，

童子鸡

是指刚成熟但未配育过的小公鸡，一般体重在一斤至一斤半左右。适合清蒸、盐焗、清炒等。

一展才华了，提笔就写。这还不算，郑板桥又即兴创作了一首极富暗示性与挑逗性的《西江月》赠给女孩子。这首词的最后两句说：“梅花老去杏花匀，夜夜胭脂怯冷。”什么意思？板桥把姑娘比作杏花，赞美姑娘长得漂亮，但又说姑娘一个人是不是在漫漫长夜中有些空虚寂寞冷。文人果然比登徒子高明。母女俩“皆笑领”，老婆婆马上表示要把女儿嫁给郑板桥。板桥说：我原来的老婆是死了，但我又继娶了一个妻子。老婆婆说：没关系，我们可以当小的。板桥大喜，又说：我太老了，四十三岁了，你女儿才十七岁呀，而且我又没钱！老婆婆说：这个我们也不在乎。板桥心里简直乐疯了，当即表示，我马上去京城赶考，金榜题名回来就娶饶五姑娘过门。

郑板桥一走，小女孩子会不会心思改变？毕竟年岁还小，情感也可能变化，这也许是郑板桥最担心的事。郑板桥走后，饶五姑娘家生活越来越窘迫，生活几不可为继。一位富商早被饶五姑娘的美貌所吸引，愿出七百两银子买她为妾。要爱情更要面包，虽然那时没有面包，但是馒头、大饼总是有的。饶母深知这个道理，且郑板桥高中又能怎样？说不准还是个白眼狼。饶母有些动心，但饶五姑娘坚决表示非板桥不嫁。

遥远的爱情虚无缥缈，迫在眉睫的肚皮起义刻不容缓。正当母女为此担心之际，突然一个陌生男子闯了进来，把母女吓了一跳。随即这个人拿出了五百两银子给母女二人，这下把饶母和五姑娘弄蒙了。

来人叫程羽宸，是个商人，他虽然不认识郑板桥，却是个地地道道的郑板桥的粉丝。他偶然间听到了郑板桥与饶五姑娘的故事，深深被这一段爱情打动，也钦佩五姑娘的痴情，决定拿出五百两给饶家，作为郑板桥娶她的彩礼。

高中的第二年，板桥回乡，程羽宸再奉五百两作为郑板桥与饶五姑娘完婚的费用。

中了进士，娶了娇妻，是不是郑板桥的人生从此要发生翻天覆地的变化了呢？事情远不是理想中的那样，虽然中了进士，郑板桥并没有得到高官的职位，甚至低官也没有得到。为什么？因为朝中暂时没有空职位，更重要的是朝中无人替他说话，钱包里也没钱打通关节，就算有，他也不会去做这种事。

郑板桥回到扬州，继续以卖字画为生。扬州字画市场很繁荣，要在其中立足并不容易。郑板桥不断推陈出新，渐渐形成了自己的风格和主打品牌。在字上，他独创一体——“板桥体”或称之为“六分半书”；在画上，他的兰竹非常有特点，现在他又有了新进士的身份，字画价钱也水涨船高。他的生活也算是滋润，但从政当官才是读书人的正途，这个遗憾一直萦绕在板桥心头。

五年后（1742），这个遗憾终于弥补了，五十岁的板桥出任山东范县县令，这主要得益于当今皇帝乾隆的叔叔慎郡王允禧的大力推荐。这位郡王也是郑板桥字画文章的崇拜者，并且还让郑板桥参加了编辑自己诗集的工作。

范县是一个又小又穷的县，这里没有更多的繁琐事务。但郑板桥在这里也是兢兢业业，爱民如子，因此他的口碑很好，无论是百姓还是朝廷对他都十分满意。四年后他调任潍县（今山东潍坊市）知县。

潍县是一个很不错的县，人口比范县多，经济比范县好。但郑板桥是八字走霉运，命中犯煞星。他到潍县时，正赶上这里闹灾荒，而且这个灾荒还要持续四年。

郑板桥到任后采取了一系列的有效措施来稳定局面，帮百姓渡过难关。

第一，把自己的薪俸捐出来。在大灾面前，这点薪俸是杯水车薪，但是郑板桥榜样的力量是巨大的。

第二，如实上报灾情。他的顶头上司为了自己的政绩及升迁没把灾情如实上报，而郑板桥经过各种渠道把灾情上报给了朝廷。最后，乾隆皇帝知道了，派人来督办救灾。

第三，开官仓救济灾民。官仓储备的粮食本来就是为了救灾所用，但是使用起来有严格的申报和审批手续，耗时耗力。郑板桥认为如果等审批下来，灾民早饿死了，他不等批文下来，擅自开仓救灾。

第四，让富户和粮商不要随意涨价，使粮价保持在合理的区间。这点和第二点措施，使郑板桥得罪了这些奸商和上司，令他们对郑板桥怀恨在心。

经过郑板桥的不懈努力，他带领潍县人民战胜了自然灾害，受到了潍县人民的爱戴。现在潍坊市还有许多关于他的美丽传说，其中之一就是菜豆腐鸡这道菜的传说：

郑板桥在山东潍县担任知县时，有一次去乐安城（今广饶县）走访几日，当地知县在有名的酒家“千乘酒肆”招待他，每天都以鱼肉伺候。吃了几餐后，郑板桥感觉有点腻，又不好意思开口。这时店小二看出了问题，便问道：您觉得我们的菜什么地方不合您口味？您比较喜欢吃什么？郑板桥不仅是有名的画家，而且对吃也有一定的研究，他问：前几天吃的八宝布袋鸡，能不能把鸡里装的荤馅换成老百姓家常吃的菜豆腐？炖一炖如何？店小二把郑板桥的想法告诉厨师。厨师把菜豆腐中的水分控干，锅中加油、葱花、盐等，翻炒菜豆腐后，装在剔好的布袋鸡中。锅中加汤、佐料等，炖了约一个时辰，汤白鸡酥，味道可口，另有一番风味。

郑板桥在潍县还为中国人提出了两个为人处世的原则。在现代，可能很多人没有听说过郑板桥其人，但“吃亏是福”和“难得糊涂”这两句话恐怕没听过的人是少之又少。

“吃亏是福”是郑板桥题写于潍县官廨的座右铭，他还有一个解释说：“满者，损之机；亏者，盈之渐。损于己则益于彼，外得人情之平，内得我心之安，既平且安，福即在是矣。”

有一天，郑板桥收到兴化老家堂弟郑墨的一封信，信上让郑板桥帮自己打官司。原来郑家和邻家共用一面界墙。郑家要修缮房屋，邻居出面干预，说那堵墙是他们祖上传下来的，郑家无权拆掉。但契约上明明白白地写着这墙是郑家的。先前郑家宽容，任由邻居借墙建屋。这次将官司打到县里，双方都找人说情，郑墨想找郑板桥出面帮自己。郑墨为人非常老实，但就是觉得委屈，要出这口气。郑板桥如果出面，这个官司肯定是郑家取胜。郑板桥考虑再三，给郑墨写了一个条幅和打油诗。条幅上写着："吃亏是福"。打油诗的内容为："千里告状为一墙，让他一堵又何妨。万里长城今犹在，何处寻找秦始皇。"

“难得糊涂”的意思是“不容易做好一个假糊涂人”或者是“难得做个糊涂人”，它的由来也非常有传奇性。有一次郑板桥到掖县的文峰山去闲游，因景致优美，流连忘返，不觉日已西沉，只得向一个山里人家借宿。主人是一个策杖老叟，自称“糊涂老人”，郑板桥也谦称自己为“橄榄轩主”。郑板桥于屋内品茶时，发现一个非同凡品的砚，赞叹不已。老人就请郑板桥题记，郑板桥联想到老人的自称，就在砚上刻了“难得糊涂”四字，又在上面刻了一段跋语：“聪明难，糊涂难，由聪明而转入糊涂更难。放一步，退一步，当下心安。非图后来福报也。”

“吃亏是福”和“难得糊涂”给我们提出了能让我们生活和内心更加平和的好办法，遇事处事让着点别人，退一步想想，吃点亏，求个心安，人这一生也就幸福了。这也是我们品尝“菜豆腐鸡”这道菜所应感悟到的一个使自己幸福的法门吧。

正是为了图自己的这个心安，郑板桥不惧丢官的风险，为了救济灾民而得罪了上司、奸商，最后被贪官上司和奸商污告而罢官，他仍然无怨无悔。七年来在潍县留下无数传奇的爱民如子的父母官含冤离职，潍县人民夹路泣送。郑板桥写道：“乌纱掷去不为官，囊橐萧萧两袖寒。写取一枝清瘦竹，秋风江上作渔竿。”

此后的十三年，郑板桥一直以创作诗书画为自己的主要事业，给后人留下了许多艺术瑰宝。他于 1766 年初病逝于兴化，病逝前有一首诗说：“宦海归来两袖空，逢人卖竹画清风。还愁口说无凭据，暗里赃私遍鲁东。”也许他对当年被污告是心安的，但毕竟没有释然吧，一个人虽说很多事可以看得很开，但内心深处总会有一些放不下的东西。

新法菜豆腐鸡

- 主料：童子鸡 1 只
- 配料：老豆腐 1 块（大约 500 克）、葱、姜、蒜、香菜、野山椒
- 调料：盐、色拉油
- 做法：将整块豆腐放入蒸笼里蒸半个小时，取出。平底锅放少许油加热，将豆腐放入锅内煎，要将底与四壁全部煎透，使之呈金黄色。用小刀从未煎面将豆腐挖出，呈盒状，四壁留 1 厘米厚度，底可稍厚一些。

  另起锅添水烧开，将鸡放入开水锅中煮 3 分钟，关火加盖焖 15 分钟至熟透。鸡取出，剁块，放入豆腐盒内。

  葱、姜、蒜、香菜切末，放入碗内，加入野山椒，加盐调和。锅内倒油，待油烧热后淋到调料碗里，香味出来后再全部倒入豆腐盒中的鸡块上。

胡雪岩与明目鱼米

12

在中国的政商界流传这样一句话：为官要学曾国藩，经商要学胡雪岩。二人的时代相当，并且分别在各自的领域内取得了其同行难以匹敌的成就。曾国藩平定了太平天国起义，挽救清政府于危亡，被称为中兴之臣；胡雪岩则是在当时的商界赚得了富可敌国的财富，并利用自己的财富积极帮助左宗棠平太平天国及新疆之乱。这两个人都是当时乃至中国历史上声名煊赫、影响极大的人物。二人理应是我们学习的典范，不论是为官为贾的规则，还是为人处世的法门，我们都要向他们二人学习。

当你本着虚心的态度准备向二人学习时，却会发现一个问题：曾国藩比较好学习，他的事迹很清楚，也很确实；而胡雪岩则不是那么好学习的，甚至是无法学习的，因为他的事迹是不清楚的，或者说只是大的方向清楚，如果想再稍仔细地去了解，你无法得到更多的东西。这源于胡雪岩被抄了家，关于他的一些资料都散佚了。留传下来的都是各种传说轶闻，且彼此矛盾，时下的各种胡雪岩的传记并不都是其生平的真实记载，而是加入了许多虚构内容，这些传记都类似于“小说家言”了。经过反复比较，本文最后选定二月河与薛家柱所写的小说《胡雪岩》进行分析，以此来探究其为人处世之道。

胡雪岩能从一个毫无背景与资本的钱庄小伙计起步积累到富可敌国的财富，必然有着许许多多的优点，这在小说的开篇就给读者展示了出来。他非常勤勉，这是古往今来所有成功者必备之品质。临近年关，开泰钱庄的小伙计胡雪岩依然穿梭在朔风中到处讨债。可以说这是胡雪岩的职责所在，但他在职责以外的勤勉是常人所远远不及的。一年三百六十五天，胡雪岩总是在天蒙蒙亮时最早来到开泰钱庄上班。他到了钱庄后，会为钱庄的大伙计胖子章水祥把洗脸水打好，又买来早饭，还要服侍章水祥穿戴。等章水祥穿戴好之后，胡雪岩又拿起扫把打扫卫生。章水祥小便后，胡雪岩又去为他倒尿壶。胡雪岩凭借这样的勤勉，抑或有些卑微的做法，得到了钱庄大伙计章水祥和老板的赏识。只有这些对工作时间的遵守和讨好上司的做法还不够，要在钱庄立足并脱颖而出还要有过硬的本领。没有多少文化的胡雪岩在钱庄的三年里，还练就了打算盘的好本领，一手好字，一副好体魄。用胡雪岩自己的话说："三年学徒，钱庄就整这三样，徒儿就操这三桩。"

还是小伙计的胡雪岩掌握了职场成功的两个基本条件：和谐的人际关系，尤其是与上司的关系；过硬的专业本领。

胡雪岩在讨债时遇到了对他的发展有着重要影响的一个人——王有龄。王有龄的父亲曾在云南曲靖任五品知府，后被当地豪绅诬陷免官无颜回老家，流落杭州。王父用生平积蓄为王有龄捐了个"盐大使"的虚衔，但一直不能补实缺，近来更是没有生计，到处借债度日。

胡雪岩去王有龄家讨债时，正赶上另一批人也在讨债。王有龄与逼债人发生了激烈的冲突，有性命之虞。胡雪岩见情势急迫，仗义出手，与其红颜知己螺蛳姑娘合力救了王有龄一命。

得知王有龄的境况后，胡雪岩再一次展现了其非凡的眼力与魄力，他认定王有龄现在是虎落平原，龙困浅滩，但其必非池中物，早晚会飞黄腾达。他经过激烈的思想斗争，决定资助王有龄五百两银子去京城求官。可是他没有一点积蓄，怎么办？他偷偷挪用了钱庄的三百两坏账，加上螺蛳姑娘因久久不能与胡雪岩结成连理，便含恨卖身帮助胡雪岩与王有龄凑够了五百两进京的费用。

王有龄吉人天相，还没等进京，到达天津后，偶遇其总角之交何桂清。何桂清曾受恩于王有龄的父亲，当年何桂清家贫无力读书，是王父资助何桂清读书成才。

何桂清正奉命去调查浙江黄巡抚侵吞官粮、逼死前任藩司的案子。何桂清决定利用这个机会帮助王有龄一把，他让王有龄给黄巡抚带去一封密信。

黄巡抚这时也得到朝廷调查他的消息，急得如热锅上的蚂蚁。当他接到何桂清的信后喜出望外，马上安排王有龄为浙江粮台坐办的肥缺。

我们不得不佩服胡雪岩的眼力，他果然培养了一个潜力股。王有龄知恩图报，上任后马上到胡雪岩家中找他，并已经想好要利用自己的职权与胡雪岩大发横财。可是他到了胡雪岩家中却大吃一惊，胡雪岩不知所踪。

原来胡雪岩挪用钱庄旧账帮助王有龄的事被钱庄发现后，钱庄把他开除了。他没有生计，无处谋职，又被胡母动用家法惩罚，含羞离家出走。

不久，湖州知府在妓院招待王有龄时，他们遇到了沦落在妓院里打杂的胡雪岩。二人意外相逢，不胜感慨。

王有龄与胡雪岩是一对黄金搭档，也是政商结合的标准案例，这样的政商结合是好还是坏呢?

王有龄所担任的粮台坐办看似肥缺，但利益大的地方风险也大。他的一个重要职责是要把浙江的粮运到北京。时逢太平天国之乱，陆路不通，只能海路。因期限与路程的关系，胡雪岩创造性地想到了在上海的松江以低价买粮运到北京的好办法，这样既缩短了路程风险，又赚到了差价。

此一行，让胡雪岩赚到了四万两左右的第一桶金，胡雪岩正是凭借这第一桶金使财富滚雪球般越聚越多。

当胡雪岩的财富积累到十万两银子时，他决定干他最熟悉的本行——开钱庄。他面临一个难题——缺少一个得力的大伙计帮他打理钱庄账户。在这件事上，他又一次展现了识人之明和敢大胆用人的魄力，他起用茶馆的伙计秦少卿总管他的账户。他的“阜庄钱庄”生意越来越好，很快成了杭州城里最大的钱庄，各地的分号不断开设。

如果王有龄能一直陪伴胡雪岩走下去，胡雪岩虽然未必能如后来那样富可敌国，但结局可能也不会那么凄惨。福祸相转，难明其理。

正当胡雪岩的生意不断壮大时，已经升任浙江巡抚的王有龄在太平军攻打杭州时战死殉国。胡雪岩的生意遭受到了重大的打击，正如尤五对胡雪岩说：“雪岩，这十来年你飞黄腾达、财源滚滚，当然得益于王有龄大人。在这种乱世，没有一个可信任的靠山，你凭什么成事？根本不可能！”胡雪岩回答道：“是啊，如今有龄兄一去，大树倒矣！我焉能不悲伤、不消沉？我再上哪儿去逢有龄兄这样的知己？”尤五给胡雪岩指出了一条明路，让胡雪岩投靠新任的浙江巡抚左宗棠。

刚从太平军手中夺回的杭州城几乎是一片废墟。左宗

花鲢

又叫胖头鱼、大头鱼、黑鲢，外形似鲢。身体偏扁，头部大而宽。常取头部做鱼头粉皮汤、剁椒鱼头等，鱼身多做成鱼丸。

棠一方面要与太平军作战，另一方面又要恢复杭州城的秩序。这时他也需要得力助手的帮助，当胡雪岩出现时，二人一拍即合。

胡雪岩马上投入到杭州城的重建工作中去。他首先面对的是战后伤病救治和防疫问题，为了阻止瘟疫流行，胡雪岩急需辟瘟药物，可是黑心的“德仁堂”却趁机哄抬药价。经过再三思索，胡雪岩决定开办一个能救世济民的“胡庆余堂”药店。在药店开业当天，胡雪岩当众写下了药店的经营信条：“真不二价”“戒欺”。胡雪岩对此解释说：“我作为老板，以‘诚信’为本，要求药材选料要真、要精，绝不允许以假代真，以次充好。”

“明目鱼米”这道养生名菜也由此诞生。

胡庆余堂开张后，规模迅速扩大，胡雪岩请来一批药工，其中有位绰号“铁板刨”的人。此人年逾七旬仍眼不花、齿不松。同事们多次询问其强身秘诀，但都吃了闭门羹。胡雪岩得知此事，决定请他吃饭。席间，“铁板刨”直言：“胡大官人，平白无故为何请我吃酒？”胡雪岩笑道：“老人家这般年纪还在切药，外面人会笑我不敬老……”“铁板刨”

一听急了："你看我哪点显老？""那你有何防老良方？""铁板刨"哈哈大笑道："我平时除了手脚勤快外，只喜两样：一是天天菊花、杞子泡茶喝，二是食鲜鱼。"胡雪岩招来大厨师告知"秘方"，并道："我每日事杂，怎能天天泡杞菊茶，吃鱼又多刺……"厨师思索后道："不如两样并成一菜，鲜鱼制成鱼茸。"胡雪岩当即叫好，于是"明目鱼米"这道菜便诞生了。

胡雪岩说的没错，他现在要处理的事情非常多、非常杂。他早已是上海滩的名人，其生意涉足丝茶、军火、粮食、机械、百货、进出口贸易、药材、典当、金融等诸多领域，无论是资本还是声望，均属大象中的大象。

后来左宗棠又在慈禧太后面前极力列数胡雪岩积极帮助自己平太平天国和新疆的义举，请求朝廷封赏胡雪岩。慈禧被胡雪岩的义举打动，称胡雪岩为中兴之臣。"特颁正二品顶戴，赏穿黄马褂，并准予骑马进出皇城"，又"赏胡太夫人正一品夫人封典，以示德彰"，这就是胡雪岩被称为"红顶商人"的来历。至此胡雪岩的荣耀可谓到了顶点。

"日中则仄，月满则亏"，当一个人的事业走到顶点后常常也开始走下坡路了。不过让人感叹的是，胡雪岩由峰顶到谷底的过程实在完成得太快了。由富可敌国到不名一文，几乎是一瞬间发生的事。这其中固然有与外商进行生丝大战亏损七百万两及为左宗棠购买军火贷款担保所遗留的不可抗拒的因素，但导致其失败的主观因素则是我们应重点讨论与借鉴的。

胡雪岩的成功与失败都与“明目鱼米”中的“明目”二字有关，胡雪岩的成功是他有着一双明亮的眼睛，能识人，能抓住商机；而他的失败则是其明亮的眼睛没有了光泽，看不到眼前的危险，刚愎自用，听不进忠言之谏。

当年的螺蛳姑娘与胡雪岩有情人终成眷属，胡雪岩对她始终信任有加，螺蛳姑娘成了胡家内宅的总管。当胡雪岩志得意满，陶醉于眼前的一切时，螺蛳姑娘看到了胡家的风险，还特别提到当年他们还是穷光蛋时杭州城隍山上的范瞎子给胡雪岩算命的事。范瞎子说胡雪岩前半生“龙蟠虎斗，难以看清”，后半生却“妻离子散，不得好死”。可此时的胡雪岩几乎看不到眼前的危险，他对螺蛳姑娘说：“这全国几十家的钱庄、银号，几十家当铺，这几千万两的财产，还有这座豪门大宅和胡庆余堂药店……会顷刻之间衰败吗？不可能！绝不可能！十年、百年都败不掉！”

看出胡雪岩危机的还有尤琳与郭庆春夫妇。

尤琳看出了胡雪岩集团的上海总管秦少卿有问题，提醒胡雪岩要提防秦少卿，但胡雪岩最终没有采纳。秦少卿不仅挪用公款，还背着胡雪岩违法贩卖私盐，更可恶的是他把胡雪岩家中的丑闻及胡雪岩做过的一些难以拿到台面上说的事统统告诉给正欲除胡雪岩而后快的朱福年与姜石林。胡雪岩对秦少卿有知遇之恩，把他从一个小伙计提到了胡氏大掌柜的职位，为什么秦少卿还吃里扒外？胡雪岩的死对头朱福年也有此疑问：“按说胡雪岩对秦少卿不薄，两家还有亲戚关系，他怎么也对他姓胡的不忠？”姜石林一语道破天机：“嫉妒啊！别说是没什么家底的秦少卿，就是京城里那些商官，那些家财万贯的大佬权贵，也对富可敌国的胡雪岩嫉妒得眼里出血。”

如果没有生丝生意亏损的七百万两，其他的各种事件也许都是小事件，胡雪岩是不会一败涂地的，而恰恰是这件事，胡雪岩一意孤行没有听从郭庆春的劝告。此时的胡雪岩已是同盟者寥寥，但他还是大批买进生丝，希图与洋商一搏。郭庆春提醒他道：“今年生丝市场的气候很不正常，正如这几天特别闷热……照理说，你领头号召大家集资同购生丝，是大家赚钱，可在同业公会上，为何无人响应？……我看你还是见好就收吧！”

面对着决定胡雪岩未来命运走向的忠言，胡雪岩完全听不进去，因为他过去的商业眼光太敏锐了，也太成功了，他太自以为是了，所以他说：“不！我胡雪岩决定要做的事，绝不轻易改变。”

胡雪岩这个轻率的决定导致他亏损七百万两而给了敌人以可乘之机，使钱庄被挤兑，产业查封没收而“妻离子散，不得好死”。

胡雪岩一直吃“明目鱼米”，但“明目鱼米”却没有使他的目更明、眼更亮。他不能看清身边的忠奸，不能看清家庭中的隐患，不能看清商场的形势，最后走向衰败。大凡取得一定成就的人，到最后往往都会刚愎自用，因为他们太相信自己的经验，也往往过高地估计自己的能力而听不进别人的意见。

明目鱼米

- 主料：花鲢鱼 1 条，只用鱼身
- 配料：葱、姜、豌豆适量、枸杞 10 克、菊花 10 克
- 调料：色拉油、盐、味精、芡粉、麻油
- 做法：将花鲢鱼切成块状备用；菊花泡水，待泡发开水变浓了，把菊花捞出；枸杞泡水；炒锅内倒入色拉油烧热，爆香葱、姜段，把鱼块倒入滑炒，加入菊花汁、豌豆、枸杞翻炒，待鱼块变色加盐和味精调味，勾薄芡，淋麻油，关火。

主要参考书目

韩兆琦：《史记全注全译》，北京：中华书局，2010 年。

（明）许仲琳：《封神演义》，北京：中华书局，2016 年。

黄仁生：《新译吴越春秋》，台北：三民书局，2010 年。

刘建国：《新译越绝书》，台北：三民书局，1997 年。

王立群：《霸王别姬》，重庆：重庆出版社，2011 年。

康震：《康震品李白》，北京：东方出版社，2006 年。

王瑶：《李白》，北京：三联书店，2013 年。

周勋初：《李白评传》，南京：南京大学出版社，2009 年。

王双怀：《大唐贵妃》，西安：陕西师范大学出版社，2015 年。

蒙曼：《长恨歌》，西安：陕西师范大学出版社，2010 年。

赵冬梅：《千秋是非话寇准》，北京：电子工业出版社，2012 年。

林语堂：《苏东坡传》，南京：江苏人民出版社，2015 年。

王水照、崔铭：《苏轼传》，天津：天津人民出版社，2015 年。

屈玲妮：《周庄走出沈万三》，沈阳：白山出版社，2011 年。

王同书：《郑板桥评传》，南京：南京大学出版社，2011 年。

党明放：《郑板桥》，南京：南京大学出版社，2012 年。

二月河、薛家柱：《胡雪岩》，武汉：长江文艺出版社，2016 年。

图书在版编目（CIP）数据

看人下菜碟儿：名菜典故十二讲 / 阿布老师，林老师著；黄铂聆绘；张琦摄 .
—上海：上海译文出版社，2017.8
ISBN 978-7-5327-7610-8
I. ①看… II. ①阿… ②林… ③黄… ④张… III. ①历史故事—作品集—中国—当代 IV. ① I247.81

中国版本图书馆 CIP 数据核实（2017）第 169561 号

看人下菜碟儿：名菜典故十二讲

阿布老师 林老师 / 著　　黄铂聆 / 绘　　张琦 / 摄
责任编辑 / 刘宇婷　　特约编辑 / 尹冬
内文排版 / 柴昊洲　　封扉设计 / 魔都鼠兔工作室
上海世纪出版股份有限公司
译文出版社出版
网址：www.yiwen.com.cn
上海世纪出版股份有限公司发行中心发行
200001 上海福建中路 193 号 www.ewen.co
上海书刊印刷有限公司印刷
开本 787×1092 1/32 印张 7 字数 60，000
2017 年 8 月第 1 版 2017 年 8 月第 1 次印刷
印数：0,001—6,000 册
ISBN 978-7-5327-7610-8/K・257
定价：45.00 元